La vida a veces

Novela

Carlos del Amor

La vida a veces

ESPASA

El papel de este libro procede de bosques gestionados de forma sostenible y de fuentes controladas.

Espasa, un sello editorial de Editorial Planeta, S. A.
Avda. Diagonal, 662-664, 08034 Barcelona (España)
www.espasa.com
www.planetadelibros.com

Diseño e imagen de la cubierta: más!gráfica
Idea de la cubierta: José Manuel Méndez Casanova
Fotografía del autor: © Carlos Herraiz
Primera edición en Colección Booket: octubre de 2014
Segunda impresión: enero de 2014
Tercera impresión: abril de 2015
Cuarta impresión: noviembre de 2016
Quinta impresión: marzo de 2018
Sexta impresión: mayo de 2020
Séptima impresión: noviembre de 2020
Octava impresión: junio de 2021
Novena impresión: octubre de 2023
Décima impresión: marzo de 2026

Depósito legal: B. 17.089-2014
ISBN: 978-84-670-4213-9
Impreso en España

Biografía

Carlos del Amor nació en Murcia en 1974 y vive en Madrid desde el año 2000. Es conocida su labor periodística, siempre ligada a RTVE y enfocada a la cultura. Es habitual verle cubrir los festivales de cine más importantes del mundo y pasear por los principales museos ofreciendo unas crónicas muy reconocibles, que le sitúan como una de las voces más importantes del periodismo cultural de nuestro país. Prueba de ellos son los premios internacionales conseguidos por su documental *Revelando a Dalí*. Licenciado en Periodismo por la Universidad Carlos III de Madrid y diplomado en Documentación por la Universidad de Murcia, Del Amor ha impartido charlas y conferencias en numerosas universidades. En 2013 debutó en la literatura con el libro de cuentos *La vida a veces*; uno de esos relatos, «El trastero», fue llevado al cine. En 2015 llegaría su primera novela, *El año sin verano*, seguida por *Confabulación* (2017) y *Retratarte* (2022). *Emocionarte. La doble vida de los cuadros*, Premio Espasa 2020, es la consolidación de Del Amor como uno de los mejores contadores de historias, sean estas inventadas, como en anteriores trabajos, o reales como en esta obra.

A mi madre, el principio de todo,
y a Ruth, refugio de tantas cosas...

A los que no se rinden.

T'INTRODUIRE DANS MON HISTOIRE...

La vida a veces es tan breve
y tan completa que un minuto
—cuando me dejo y tú te dejas—
va más aprisa y dura mucho.

La vida a veces es más rica.
Y nos convida a los dos juntos
a su palacio, entre semana,
o los domingos a dar tumbos.

La vida entonces, ya se cuenta
por unidades de amor tuyo,
tan diminutas que se olvidan
en lo feliz, en lo confuso.

La vida a veces es tan poco
y tan intensa —si es tu gusto—...
Hasta el dolor que tú me haces
da otro sentido a ser del mundo.

La vida, luego, ya es nosotros
hasta el extremo más inmundo.
Porque quererse es un castigo
y es un abismo vivir juntos.

JAIME GIL DE BIEDMA

SIN IDEAS

No entendía la razón por la que le habían llamado. Quizá había escrito alguna vez algo medianamente decente, pero seguro que nunca habían sido más de dos o tres folios para alguna revista y hablando sobre un tema pactado. Habían pensado en él y ahora estaba aquí, o ahí, según siga narrando en primera o tercera persona, porque hasta sobre eso tenía dudas y se veía incapaz de rellenar un folio en blanco.

Imaginaba que muchos otros habrían sentido esa ansiedad, o ese miedo, o ese vértigo, llámenlo como quieran: ver cómo toda la imaginación supuesta de antemano no sirve para juntar letras. Es la decepción con uno mismo, la peor de las decepciones.

Al acostarse, daba vueltas en la cama. Se dormía, pero nunca caía en un sueño profundo. Siempre tenía en el subconsciente el encargo envenenado. Las preocupaciones tienen eso, te acompañan aunque no las hayas invitado, son como un peso añadido que vaga por tu cabeza y despierta para golpearte.

Cuando era joven, mucha gente le animaba a contar historias, incluso los más osados vaticinaban que algún día publicaría un libro. Él siempre lo veía como una especie de locura, pero es cierto que era rápido escribiendo e incluso habilidoso para encontrar la palabra adecuada. Por eso, siempre había albergado la esperanza de que llegase la llamada. El teléfono había sonado hacía dos meses. Ahora lo tenía al alcance de la mano y sólo se le ocurría nada.

No era un hombre aventurero, por eso decidió que fueran las aventuras las que vinieran a él. Forzar la inspiración para no quedar en ridículo. Pero la inspiración le esquivaba.

Decidió afrontar la situación. Lo primero que hizo fue dejar de coger el teléfono a la gente de la editorial. Muchas veces, silenciar el problema o el móvil minimiza la tragedia, pensó. Lo siguiente, crearse un horario de trabajo, más bien una especie de tabla de gimnasio llena de celdas, números y rutinas.

De nueve a once de la mañana trabajaría el inicio del texto, esa parte fundamental con la que atrapar al lector, un comienzo que fuera el principio de un todo ahora mismo inalcanzable.

De once a doce descansaría, aprovecharía para almorzar. Café, fruta y desesperación. Luego, un merecido cigarrillo con el que encendía el siguiente y, por último, saciar el mono de internet.

A eso de la una volvería a darle a un teclado todavía pulcro como una patena, mala señal, los teclados de los escritores están mugrientos, tienen muy marcadas determinadas letras, sobre todo las vocales, más usadas y proclives a desdibujarse las primeras. Pero no, el suyo era un teclado siempre a punto de estrenar.

Las tardes las dedicaría a salir a la calle, para ver si al doblar una esquina se daba de bruces con alguien que pudiera sacarle del atolladero. Imitaba lo que hacían muchos de los grandes, gente a la que admiraba y leía cada noche: darse una vuelta por la vida para ver si la vida le devolvía unas cuantas páginas. Lo llamó «salir de caza». Se compró una Moleskine y un par de rotuladores de punta fina y empezó a vagar como alma en pena. Se sentaba en alguna parada de autobús a escuchar, comprobando si debajo de la preocupación por el frío de las abuelitas se escondía algún episodio con suficiente dosis de dramatismo novelesco. Aunque solía cambiar de parada, se había convertido en un habitual. Lo empezaban a mirar con ojos de desconfianza. Al verle, las señoras agarraban el bolso o hacían ese gesto que tantas veces había visto en su abuela de echárselo debajo del brazo, protegiendo su bien más preciado. De niño, paseando con ella, alguien intentó robárselo. No pudo, su abuela hizo tanta fuerza que el ladrón terminó en el suelo, con ella dándole puntapiés.

Las pasiones humanas eran un filón, de ésas como llovidas del cielo. Por ejemplo, cada día, casi a la misma hora, una pareja se encontraba en la esquina de debajo de su casa. Seguro que encerraban algún misterio. Los veía desde su ventana en el tiempo del cigarrillo y se preguntaba si eran amantes y si escondían detrás algún jugoso argumento. Espiaba cómo se encontraban a las once y se daban un beso intenso de esos que esconden algo detrás. Se armó de valor, los esperó, a las once llegaron puntuales a su cita furtiva, preguntó y a punto estuvo de terminar en comisaría transcurrido el primer minuto de interrogatorio.

Otras veces se quedaba ensimismado observando al hombre de la ventana de enfrente de su edificio. Leía durante horas todas las noches. Con la única compañía de una luz débil, parecía devorar libro tras libro. Llegó incluso a imaginar que un día uno de esos libros sería el suyo. Quizá ese hombre vivía solo, quizá era el lector de una editorial y supervisaba textos para darles su visto bueno y publicarlos. Al rato se olvidaba de él.

Su vida empezó a convertirse en un círculo vicioso: de nueve a once se dedicaba a trabajar el arranque del texto, pero por las tardes no encontraba historia con la que arrancar. Las horas pasaban y el teclado seguía sin rastro de sus huellas, lo veía reluciente, como una metáfora de su fracaso, y la pantalla del ordenador como un inmenso océano de color blanco donde no naufragaban letras y, mucho menos, palabras.

Esas primeras horas eran el mayor de los suplicios. Empezaba escribiendo una frase, como si después fuera a llegar el resto por arte de magia y se paraba. Imaginen, ponía, por ejemplo, «no entendía la razón por la que le habían llamado», y pensaba que no estaba mal. Podía hacer un cuento sobre el escritor frustrado, pero, como no lo había sido nunca, ni en sus horas de caza había cazado la historia de alguno, apretaba rápidamente el botón situado arriba a la derecha con una flecha hacia la izquierda y aniquilaba lo escrito. A los pocos días esa tecla era la única que empezaba a acumular algo de negritud. Cuando terminaba de asesinar la primera frase, miraba hacia arriba o al frente y cerraba los ojos fuerte, como si en la ceguera fuese a venirle dado el don de la inventiva. Se entretenía con todo. Cuando tenía los ojos cerrados, se dedicaba a observar pequeñas motas de polvo ficticio que aparecen cuando tienes mucho tiempo los párpados apretados. Son como una especie de formas moleculares que se mueven ingrávidas. Desde pequeño le tenían fascinado por creerse el único que las veía. Al despertar la mirada, la fijaba, no sin esfuerzo, en la pantalla del ordenador y volvía a toparse con la realidad.

Muchas veces podía pasarse minutos mirándose sin mirarse en un espejo situado a su derecha. Era la única forma de sentirse acompañado. Imaginaba que el reflejo era el de otro, una especie de amigo imaginario. El espejo estaba roído y viejo, la vendedora del Rastro le había quitado el sueldo de un mes, le engatusó diciendo que era de finales del siglo XIX, una pieza de coleccionista. En las esquinas, unas manchas y las pequeñas roturas deformaban la imagen que devolvía; era él, pero podía ser otro al que preguntar o terminar insultando.

A su izquierda tenía una estantería llena de libros. Se levantaba a ojearlos, ¿cómo alguien había sido capaz de rellenar tantas hojas? Se volvía a sentar, volvía a intentarlo, pero llegaba la hora del patio, la una de la tarde, así que se lanzaba a por el paquete de tabaco, se encendía un cigarro, abría el explorador de internet y buscaba por buscar, luego comprobaba las llamadas perdidas. Tenía tres, y las tres del mismo número.

Después de comer cada día algo precocinado regresaba a las andadas, a la calle.

Hoy toca la parada del 146, e incluso va a montarse en el autobús para hacer el recorrido completo. Al fin y al cabo, un escritor debe viajar.

Por fin llega. Coge posición para subir al autobús. Ve cómo las señoras, con el bolso a salvo y amarradas a su abono transporte, le adelantan por la izquierda. Intenta llegar hasta la urna del conductor, deja el euro y medio, un par de empujones más tarde logra hacerse con el billete. Aún queda lo más peligroso. El panorama es desolador, no hay donde colocarse. El conductor pide a la gente que pase al fondo, pero no hay fondo. Pisa a una mujer que le fulmina con la mirada, siente el aliento de alguien en la nuca, su respiración, y si tose cualquiera, te llevas un trozo de tosido. A mitad de camino y alargando un brazo logra agarrar una de las barras de sujeción, convertida en salvavidas momentáneo. Nunca le han gustado esas barras ni en general las cosas por las que antes han pasado miles de manos; no le hace gracia tocar lo tocado, pero es un viaje de exploración. El autobús tiene algo de pornográfico. Casi pegada tiene una chica de unos veintipocos años, *piercing* en el labio inferior, ojos muy pintados de negro, sudadera rosa con un dibujo que no identifica y un mechón lila coronando un flequillo imposible. Lleva puestos unos inmensos auriculares de los que sale una música imposible de descifrar. La analiza con la mirada para ver si puede convertirse en una de sus heroínas. Ella le hace un gesto de asco, rápidamente cambia de objetivo. No ha captado sus intenciones.

El calor empieza a ser insoportable, la ropa sobra, pero es imposible quitársela, y sólo en cada parada, cuando se abre la puerta, siente un poco de liberación. Justo debajo de él, a la altura de sus genitales, un par de señoras sentadas ponen verde a su amiga del alma, critican lo cambiada que la ven últimamente, si se arregla demasiado, si gasta mucho dinero en ropa, de dónde lo sacará, si les esconde algo. Quizá esa mujer sea lo que busca, pero, de repente, a través de las ventanas empañadas de vaho, divisan un bingo y la conversación se evapora. Una gota de sudor cae por su frente, su nariz está anestesiada ante tanto olor. De esa selva no saldrá ningún argumento. Toca el pulsador de parada, se baja, respira todo lo hondo que puede, una bocanada de aire le devuelve el color. Dos minutos más y se hubiese desplomado.

Vuelve a casa sin una sola presa. Sin nada. Se acuesta, el despertador suena a las diez, desayuna. Se sienta delante del ordenador. Mira el teclado, limpio. Mira la pantalla, en blanco. Se observa en el espejo. Se levanta, coge un libro. Se vuelve a sentar. Escribe, borra, escribe, borra. Entorna la mirada, aprieta los párpados. Respira. Y entonces, entre moléculas de polvo transparentes que todavía se mueven por su cerebro, sonríe. Escribirá sobre cosas pequeñas. Buscará pequeñas grandes historias. Por fin, mañana, cuando llamen de la editorial, él dejará de estar fuera de cobertura. La vida a veces es la mayor de las aventuras.

Espacios

Cara a cara

La hora era casi siempre la misma, rondando la medianoche. Miguel solía ser siempre el primero en llegar a la cama. Se quitaba las zapatillas de andar por casa y las dejaba perfectamente alineadas sobre el suelo. Luego, como si de un ritual se tratara, se desabrochaba el reloj de la muñeca, un viejo Cyma de cuerda automática que había marcado las horas de veinticinco años y que fue el regalo por su quinto aniversario de casados. Comprobaba que el segundero seguía girando y lo dejaba en la mesilla, junto al vaso de agua que siempre velaba su sueño. Tiraba del cordón de una pequeña luz que estaba encima del cabecero y esperaba.

A los diez minutos llegaba Teresa. La había estado oyendo en el baño abrir y cerrar armarios. Siempre olía a crema hidratante, inundaba la habitación con ese aroma a limpio, como a polvos de talco mezclados con limón. Durante cincuenta años, la silueta que se dibujaba debajo de su camisón había ido cambiando, pero todavía reconocía esas curvas en las que tantas veces se había perdido. Le gustaba que ésa fuera su última imagen antes de caer derrotado por el día. Minuciosamente, Teresa se recogía el pelo con unas horquillas para que no se le enredase y después enchufaba una vieja radio que le aseguraba un placentero duermevela. Su hueco del colchón siempre era el derecho, al lado de una pared donde colgaban las fotos de sus hijos y alguna de los viajes que había hecho con Miguel. Una ventana servía de aire acondicionado en verano. Las sábanas siempre parecían recién planchadas, como listas para estrenar, eso le daba a la sensación de meterse en la cama un placer añadido. Cuando los dos por fin se tumbaban, se estiraban, como intentando alcanzar el final de ese territorio sólo suyo, y les gustaba sentir esa especie de frío que desprende una cama después de un día de ausencias. Los dos suspiraban de satisfacción. Aunque ya no tenían el sexo de antes, de vez en cuando una mano incendiaba el cuerpo del otro y volvían a ser los jóvenes que despertaban al vecindario.

Miguel siempre dormía de lado, mirando hacia ella. Se quedaba vigilando su pelo largo y rojizo, sus pómulos marcados, su mentón escondido. Observaba su nariz pecosa y perfectamente recta que casi desembocaba en los labios carnosos que tantas veces había besado. Sólo entonces, después de pasar lista a su cuerpo, podía descansar. Ese momento, el de cerrar los ojos, era lo más parecido a la felicidad.

Las noches de Miguel y Teresa pudieron ser ésas, día tras día, estación tras estación. Atrás quedaron los desafíos y la juventud. Tendemos a creer que los ancianos han sido siempre ancianos y que nosotros seremos siempre jóvenes, pero esas personas mayores que nos cruzamos a diario también vivieron aventuras, y se emborracharon, seguro que hicieron el amor en portales y saltaron escuchando su música preferida. Pero ahora, para ellos, la rutina era la mejor manera de ser modernos y esos momentos repetidos al final de cada jornada, la mejor forma de demostrarlo.

Miguel y Teresa se conocieron en el hospital: ella enfermera, él enfermo. Una neumonía tuvo la culpa de su encuentro. Entre fiebres y sueños, entre delirios y sudores, apareció ella. En realidad, lo primero que apareció fue su sonrisa: sus labios gruesos ligeramente sonrosados por el frío marcaron el inicio del camino. Se enamoraron nada más verse, aunque Teresa no se diera cuenta en ese instante. Él la invitó a salir, con la advertencia de que si decía que no, enfermaría de nuevo para seguir viéndola a diario. Un sí acabó con la neumonía, en cincuenta años Miguel nunca volvió a toser.

El tiempo pasó rápido. Llegaron los hijos, crecieron, compartieron con ellos cada inquietud. Se apretaron el cinturón para pagar los estudios y antes de que se dieran cuenta ya estaban solos otra vez. Es curioso: la vida parece algo muy largo, creemos que nunca llega mañana y al abrir los ojos descubrimos que mañana ya es ayer. Al dejar de trabajar, los dos se dedicaron el uno al otro, demostrando que solos estaban muy bien acompañados.

En la cafetería donde siempre desayunaban llevaban viendo casi cincuenta años cómo pedían café y dos churros para él y el café con caracola rellena de crema para ella, a veces con zumo de naranja, siempre recién exprimido, «para que no se escapen las vitaminas», decía Miguel. Leían cada uno un periódico, se miraban, sonreían y, de vez en cuando, hablaban un buen rato con Cristina, la camarera, convertida en notario de sus existencias.

Todos los días solían caminar una hora, daban cuatro o cinco vueltas a un parque cercano donde los padres novatos llevaban a sus niños a que se cayeran de un columpio por primera vez. Cada vez que pasaban por allí recordaban cuando eran ellos los que empujaban esos columpios y el miedo que embargaba al más pequeño de sus hijos al sentirse acunado en el aire.

En un muro que hay en un extremo del parque todavía sobrevive una pequeña pintada hecha a piedra por Miguel en la que se puede leer: «T y M, 1960». Fue un mes de febrero en el que no dejó de nevar. Habían ido hasta ese barrio para ver la casa que luego se convertiría en suya; al salir, caminaron y al llegar a un banco se dieron calor. Él cogió una piedra y trazó sus iniciales, después puso la fecha. Aquél era de esos días que Miguel podía reproducir minuto a minuto en su cabeza. El hombre que luego les vendería el piso les dio una especie de clase magistral sobre muros de carga. Al salir a la calle, el sol seguía sin calentar nada. En un cine que ya no existe sacaron entradas para ver *El séptimo sello*, de Bergman, que por fin se estrenaba en España. A la salida debatieron sobre la película, sobre ajedrez, sobre la muerte. Ese día, como los que vendrían, fue un día feliz.

Los hijos cada vez iban menos por casa. Ellos se conformaban con mirar las fotografías levemente descoloridas por el peso de las miradas y que les devolvían a una familia feliz junto a unos seres indefensos con todo por aprender. Las habitaciones se habían ido vaciando, sólo quedaba el eco de los gritos de los niños corriendo por el pasillo. En el marco de la puerta del salón todavía se podían adivinar los restos de números y rayas que marcaban cada año la medida de los chavales. Sesenta y cinco centímetros, ciento veinte centímetros. De un año para otro comprobaban cómo crecía la vida.

A Miguel le gustaba redescubrir todos esos rincones de vez en cuando y se podía pasar horas vagando por la casa, estremeciéndose ante pequeños recuerdos. La caja encima del altillo donde guardaban los dientes que habían ido mudando sus hijos, las cartas escritas a los Reyes Magos que él les hacía creer que echaba en el buzón. Los libros de Emilio Salgari que siempre leían antes de meterse en la cama. La Enciclopedia Monitor con la que estudiaban y hacían los trabajos de ciencias y que muchas veces servía de refugio para juveniles cartas de amor. Conocía cada sitio, cada hueco, cada esquina y arista de aquella casa.

Pero esa casa ya no era su hogar, al menos no lo era en la medida en que lo había sido durante tantos años. Creía verla en cada rincón, a veces le parecía sentir su respiración. Muchas veces se giraba esperando ver de vuelta su sonrisa, esa que en el hospital le dejó el corazón secuestrado. Pero nunca estaba, nunca iba a estar. El vacío era tan grande que a veces tenía que salir de casa para no ahogarse, pero el bar, el parque, los vecinos, todo le llevaba a ella.

Solía ir al cementerio todos los días, lloviera o hiciese el calor más asfixiante. Una vez a la semana, compraba un ramo de margaritas a Eulalia, la dueña del puesto de flores con la que siempre charlaba unos minutos y que siempre le preguntaba por sus hijos y por si iban a venir. Se sentaba en el bordillo, justo delante de la tumba, y le contaba a Teresa las novedades de la casa, las obras que había empezado el vecino, sus pequeñas rencillas con la portera, lo mal que funcionaba ya la caldera. Le mostraba fotos de la última comida con los chicos, y siempre terminaba reprochándole que se hubiese ido antes y el frío que pasaba al no sentir ya sus pies buscando el final del colchón.

Muchos días aparecía el sepulturero, Pablo, un tipo joven que escribía entre funeral y funeral, y se sentaba con él. Le hacía compañía un rato y le contaba cosas de los entierros que había ido recopilando en una especie de bloc de notas que no tenía desperdicio. Casi siempre eran anécdotas que intentaban buscar una sonrisa, como la vez que se le partió en dos una lápida, o la inscripción que hizo poner un hombre en su nicho y que decía: «Os quiero a todos menos a mi hermano Juan, que es un cabrón».

Una de esas veces Miguel le pidió un favor a Pablo, y éste lo cumplió. Así me lo confesó un día que me acerqué al cementerio para grabar un reportaje. Me confesó que Miguel duerme para siempre de lado. Me dijo que es costumbre que se entierre a la gente mirando hacia arriba, en dirección a la cruz. Pero una de las tardes de visita Miguel le suplicó que, antes de cerrar su sepultura, reservada desde hace años al lado de la de Teresa, le girara la cabeza hacia la derecha, para poder pasar la eternidad vigilando su pelo largo y rojizo, sus pómulos marcados, su mentón escondido, su nariz pecosa y perfectamente recta que desembocaba en los labios carnosos que tantas veces habían sido el preámbulo de todo. Y ahora Pablo y yo sabemos que Miguel es feliz, o lo más parecido posible.

El trastero

Allí estaba hasta aquel viejo libro por el que tantas veces se habían peleado su hermano y él cuando compartían habitación. Estaba desvencijado. Le faltaban algunas hojas, probablemente algún capítulo, y la portada se había amarilleado por el paso del tiempo. Lógico. A *Los Cinco* no les sentaba bien estar encerrados: su hábitat natural era la calle, las aventuras al aire libre, descubrir pasadizos. Tim nunca sería feliz en ese enorme almacén. Al abrir, descubrió el índice de capítulos que tanto le excitaba:

VII. SUCEDEN COSAS EXTRAÑAS
XIV. UNA NOCHE DE TENSIÓN Y UNA MAÑANA DE SORPRESAS
XIX. OTRA VEZ EN VILLA KIRRIN

Eran títulos sensacionalistas, como de periódico barato, títulos que buscaban atrapar al lector. Al mirarlo, se preguntó dónde estarían ahora los cinco, quizá seguían pasando los veranos juntos a pesar de que hacía tiempo que no veía a ningún chico leyendo alguna de sus historias. A pesar de eso, para una generación, o para varias, aquellos cuatro adolescentes y su perro habían sido los héroes de unos veranos que ya no existían.

El libro estaba colocado en la misma estantería en la que había estado siempre. Si cerraba el plano de su mirada, aquel rincón era exactamente el mismo que le había visto crecer durante los primeros trece o catorce años de su vida. A la izquierda, su cama, de esas que se podían subir y bajar y quedaban escondidas como por arte de magia para dejar espacio libre; a la derecha, la de su hermano. En medio, un viejo escritorio también escamoteable en el que habían pasado horas y horas estudiando o mirando las musarañas. Se acercó a mirar de cerca la tabla que hacía las veces de mesa y acarició con la yema de los dedos las letras que una vez tatuó con la punta de un compás, JYS, encerradas en un corazón mal dibujado. ¿Qué sería de Susana, su primer amor? ¿Qué sería de esa niña de pelo largo rubio, piel ligeramente tostada, nariz pequeña y ojos azules insultantes? ¿Qué sería de la niña que le había robado el corazón en primero de EGB? Tendría la vida resuelta: era tremendamente lista y estudiosa. Se la imaginaba como jefa de alguna multinacional, hablando varios idiomas, muy viajera y casada, con dos niños, y manteniendo intacta esa belleza que a sus ojos la hacía levitar. Aunque para él ella seguía viviendo en 1984, correteando por el patio de un colegio que era su pequeño mundo, un mapa por explorar, un territorio en el que no se podía dar un paso en falso. No era lo mismo tomar el bocadillo en la escalera de subida a las gradas del campo de fútbol, destinadas a los grupos algo más mayores que querían esconderse para echar un cigarrillo y para parejas incipientes que se daban pequeños besos en la boca, que colocarse, como él, en el último peldaño de la escalera de entrada, donde te asegurabas ver a todo el mundo y, por tanto, a Susana. Nunca habló con ella, fue un amor silencioso, de los que se sufren desde el pupitre de atrás, de los que se miran pero no se tocan, batallas perdidas de antemano. El colegio, como el patio, era un lugar con jerarquías establecidas: si eras el guapo eras el guapo, si eras el pardillo eras el pardillo, si eras el empollón eras el empollón, el raro, el raro. Cada uno tenía su estatus y cambiarlo era prácticamente imposible. Él siempre fue el raro.

—Perdone, ¿puedo ayudarle en algo? —interrumpió bruscamente alguien, sacándole de su estado de ensoñación.

—Sí, gracias. Venía para recuperar parte de los enseres de la familia Valiente —respondió Javier.

—Veamos... Sí, es todo esto que ya ha visto, más lo que hay justo al otro lado del pasillo, junto a los carteles esos de helados —respondió el encargado.

Al darse la vuelta sonrió al ver las fotografías de un Colajet descolorido, un Tiburón que ya no era azul y un Caraibo que nunca fue santo de su devoción.

—¿Viene gente a reclamar esos carteles? —preguntó al encargado.

—Muy poca, la verdad. Hace años alquilar un espacio aquí era muy barato, salía más a cuenta traer los trastos que tirarlos. Hubo una especie de *boom*. Ahora se alquilan por necesidad, gente que no puede pagar la casa y lo guarda hasta que vengan tiempos mejores, negocios embargados... Lo que pasa es que luego casi ni se acuerdan de lo que tienen aquí. Cuando mi antiguo jefe montó el almacén daba la oportunidad de guardar las cosas durante cinco o diez años, en este momento ya no se puede contratar más de uno. Y ahora es cuando están caducando los contratos más antiguos. Pero muchos de los dueños han muerto y los hijos no quieren saber nada del tema o no hay manera de localizarlos, y entonces lo sacamos a subasta. De vez en cuando viene un coleccionista y se lleva alguna cosa, siempre que el plazo de salvaguarda haya terminado.

—Muchas gracias. ¿Puedo quedarme un rato examinando lo que me voy a llevar?

—Claro, tómese su tiempo, hasta las ocho de la tarde estamos aquí.

Cerca de los carteles de helado descansaba una cuna de esas antiguas con barrotes de hierro forjado que parecen sacadas de un cuento de princesas. Imaginó que el dueño de esa cuna se haría mayor y sus padres prefirieron guardarla por el valor sentimental o por si aparecía un nuevo inquilino.

Una semana antes, el matrimonio que había comprado la casa de sus padres hacía ya unos cuantos años le llamó para avisarle de que había llegado un certificado urgente. Era un aviso del inminente vencimiento del contrato de un trastero a las afueras de la ciudad. Cuando fue a recoger la carta, la pareja le invitó a pasar y a tomar un café. Tras negarse un par de veces, y ante la insistencia casi casi soez, accedió a pasar un momento.

Un escalofrío le recorrió el cuerpo: nada era como había sido, pero algo en el aire le hacía sentirse como en casa. Javier siempre había llamado «casa» a la de sus padres, había tardado muchísimo en hacerlo con la suya. Su casa era ésa en la que ahora se adentraba con paso sigiloso, explorando momentos que se le amontonaban en la cabeza.

—Aquí a la izquierda había una pequeña despensa donde mis padres escondían los regalos de los Reyes Magos —les dijo a los dueños, que entonces fueron conscientes de por qué se había negado a entrar al principio.

—¡Ah, sí! Nosotros decidimos darle todo ese espacio a la cocina.

En ese momento, en su cabeza se dibujó un 6 de enero en el que se puso la alarma para desenmascarar a los que decían llamarse Magos de Oriente. Nunca se le olvidará la cara de pena que puso su padre al verse sorprendido en lo alto de la escalera mientras le pasaba los regalos a su madre. Aquella madrugada dio el salto a una madurez que iba a ser más dura de lo que creía.

Hacía ya un rato que Javier no escuchaba a los que, de una forma irracional, veía como intrusos en su casa. Deambulaba escuchando su propia voz veinte o treinta años atrás. Se veía a sí mismo corriendo por el pasillo para ir a dar un beso a su padre cada vez que éste llegaba del trabajo. Veía a su madre sentada en un sillón haciendo cuadros de punto de cruz con motivos florales o con pájaros que colgarían de una pared que los *nuevos* también habían derribado. Nunca le gustaron esos cuadros que se hacían siguiendo una plantilla que compraban en la mercería de la esquina de su calle.

Se sentó a tomar café y sin apenas decir una palabra se marchó con el certificado de aviso en un bolsillo.

El aviso advertía de que el contrato vencía al mes. Acudió pronto al almacén, no fuera a ser que tuviese que tomar alguna decisión. De momento, no sabía si había sido buena idea ir. Allí, de pie, se veía viajando al niño que había sido viendo su pasado arramblado en una pequeña parcela en una nave industrial.

Aprovechando que tenía la tarde libre decidió dar una vuelta por todo el lugar, intrigado por ver junto a las cosas más peregrinas y absurdas restos de vidas enteras que habían naufragado, desde vajillas a enciclopedias, de bibliotecas a camas en las que alguien soñó alguna vez, desde relojes a maletas que con casi toda seguridad no iban a volver a salir de viaje jamás. Más extraño fue encontrarse con una colección entera de muñecas con aire un tanto siniestro, a algunas les faltaba un ojo o un brazo o ambas cosas, parecían recién salidas de la tercera guerra mundial. ¿Quién podría querer conservar esas criaturas y pagar por ello un alquiler? Mobiliario de oficinas, colchas, juegos de sábanas, frigoríficos famélicos, incluso un reloj de cuco que le sobresaltó la primera vez que lo escuchó.

Aquello le pareció casi pornográfico: un ataque en toda regla a la intimidad de cientos de personas cuyas existencias estaban escritas entre esos objetos. Le recordó a los viejos edificios que tiran abajo pero de los que todavía se puede ver una de las paredes empapelada, con marcas de cuadros o fotos que algún día colgaron de ella, o una pared con azulejos de baño. Son los restos de una vida de alguien que en un momento remoto tuvo la ilusión de ir a comprar un papel que fuera a juego con quizá unas cortinas, o alguien que se bañó ahí cada día al llegar de una dura jornada de trabajo.

Así se sentía en ese lugar: como un edificio borrado, como una pared a la que habían dejado desnuda, indefensa, expuesta a las miradas de una gente que no sabe la felicidad que se vivió dentro.

Dio un par de vueltas por los restos de su salón y se sentó en la butaca en la que su padre pasaba horas y horas. Casi de forma instintiva palpó con las manos la tapicería buscando monedas. A su padre siempre se le caía alguna, incluso en ocasiones un billete. Y él, antes de ir al colegio, siempre se dejaba caer por esa butaca convertida improvisadamente en una especie de cajero automático de su niñez.

Se levantó y buscó en el mueble donde durante un tiempo descansó una vieja Telefunken: había películas grabadas en VHS, unos prismáticos con los que recordaba haber jugado, un par de radios y, justo al fondo de uno de los cajones, un sobre grande y abultado. Al abrirlo empezaron a salir muchas fotografías, la mayoría en formato polaroid. Automáticamente le atropelló el momento en que su padre trajo a casa esa cámara. A su hermano y a él les pareció un cacharro llegado del futuro; eso de ahorrarse ir a la tienda a revelar fue uno de los grandes descubrimientos de su infancia. La emoción de tomar la foto y ponerla boca abajo o agitarla y esperar a que se formara la imagen era impagable. El sobre estaba lleno de imágenes familiares, de días de playa, de celebraciones, de primeros pasos, de primeras pedaladas, de besos. El color ya no era el mismo, pero curiosamente en su memoria tenía ese mismo tono semienvejecido. Las tocó con delicadeza porque alguien alguna vez le había dicho que el líquido que guardaban en la parte trasera era tóxico. Seguramente era uno de esos bulos que te cuentan de pequeño y que se instalan en el subconsciente, como ese otro que le habían contado sobre una especie de nidos que se forman en los árboles y que si te caen encima te dejan sin pelo. Algo parecido. La niñez está llena de peligros casi mitológicos.

Junto con las fotos había un folio doblado. Al abrirlo, se dio cuenta de que era la letra de su madre.

Hola Javier o Ignacio:

No sé quién de los dos encontrará esta carta, ni siquiera sé si la encontraréis. Aquí estamos vuestro padre y yo. Escribo yo porque ya sabéis que siempre he tenido mejor letra que él, que parece un médico. Os escribimos desde la residencia, aunque ahora probablemente ya no estemos ninguno de los dos.

Cuando os fuisteis a trabajar a otro país, la casa se nos hizo muy grande. Antes, aunque no vivierais en ella, como a veces os quedabais a dormir, tenía sentido mantenerla; al marcharos, empezamos a pensar en ponerla a la venta e irnos a vivir a la residencia.

Sin embargo, nos daba mucha pena desprendernos de todas las cosas que han ido marcando nuestras vidas y, de alguna manera, las vuestras. Cada vez que vuestro padre o yo intentábamos hacer limpieza terminábamos inventando mil excusas para no tirar una cosa u otra.

Pero cuando encontramos comprador, hubo que tomar una decisión, y entonces a papá, que ya sabéis que siempre está inventando, se le ocurrió alquilar un trastero para de alguna manera saber que todos los recuerdos estaban juntitos en algún sitio. Durante los primeros años íbamos de visita a pasar un rato y revivir lo vivido, e imaginar que estabais vosotros. Era un entretenimiento, una forma de viajar. Firmamos un contrato de diez años y nunca os dijimos nada porque papá quería que fuese como una especie de epílogo de nuestras vidas, sin ningún valor económico pero quizá con algún valor sentimental. Ahora os toca a vosotros decidir. No os preocupéis por lo que hagáis. Nosotros ya lo hemos disfrutado suficiente.

Un beso muy grande, os quieren y siempre os querrán,

PAPÁ Y MAMÁ

P.D.: Javier, si has sido tú el primero en descubrirlo, lleva cuidado al bajar tu cama, ya sabes que caía a plomo y no quisiera que te volviera a salir un chichón. ¡Ah, sí! Que dice papi que mires mejor en su butaca.

Javier se dio la vuelta, intentó disimular las lágrimas que empezaban a caerle lentamente por la cara, se acercó al encargado y le preguntó que cuánto costaba renovar otros diez años el contrato.

—Ya le dije que tanto tiempo es imposible, pero puede ir renovando año a año —contestó el hombre.

—De acuerdo, pues hagámoslo así.

Desde entonces, al menos un par de veces al mes Javier va al trastero a pasar la tarde. Se sienta en su vieja cama, o en el sillón donde su madre tejía cuadros y coge uno de los libros que ya leyó. Y durante unas horas se olvida del mundo de los mayores y vuelve al refugio de aquellos años en los que nada podía pasar.

Aeropuertos

Los besos aquí suenan diferentes. Son más estruendosos, como si llevaran demasiado tiempo esperando a ser dados, parecidos a esos que da una abuela cuando te ve. Son besos sonoros de los que de pequeño nos avergonzaban un poco. Quizá es que hay dos tipos de besos: los que se dan siempre que toca y los que se desean dar, pero no se puede por cualquier circunstancia. Son los de esta segunda categoría los que siempre escucho cuando paso un rato en la puerta de llegadas de un aeropuerto. No es algo que haga todos los días, pero sí con cierta frecuencia.

Una puerta automática de dos hojas se abre periódicamente y siempre hay alguien que aparece desde el otro lado al que se le ilumina la cara. Es curioso, porque esa puerta que está a apenas cinco metros de una barandilla, que hace las veces de frontera, separa miles de kilómetros y separa probablemente semanas, meses o años de ausencias, de desvelos, de noches en soledad, de desayunos con café para uno.

Los que están no pueden traspasar los límites de esa puerta; de hecho, no se puede abrir desde el lado llamémosle de los «esperantes». Ni siquiera tiene sensor de presencia, es como si no existieras. Hay quien, con disimulo, pasa por debajo y en un momento dado levanta la mano, creyendo que sí hay sensor para ver si tiene suerte, pero el privilegio de abrir la frontera queda sólo para los que vuelven o para trabajadores del aeropuerto provistos de una tarjeta magnética. En el lado de los que aguardan, los minutos pasan como horas y compruebas que muchos desesperan de tanto esperar.

Enfrente de la puerta que no nos detecta se puede ver el panel de llegadas. Son siete pantallas, a razón de veinticuatro vuelos por pantalla, lo que hace un total de ciento sesenta y ocho vuelos. No soy ningún experto en aeronáutica, pero si ponemos una media de ciento cincuenta plazas por avión, nos sale que en algún lugar del aire hay unas veinticinco mil personas esperando llegar a esa frontera de dos hojas y detector de presencia que ellos sí podrán abrir.

No extraña, por tanto, que algún avispado negociante haya instalado cerca de la frontera una máquina expendedora de flores. Es contradictorio: parece poco romántico, a priori, comprar unas flores ahí, meter unos euros y darle al botón amarillo para que giren los compartimentos y podamos elegir un ramo de rosas, uno de margaritas o uno mixto. Se hace raro, pero puede sacarnos de algún tipo de apuro. Incluso visto con perspectiva igual es más romántico que comprarlas en una floristería, porque es fruto del impulso: no está planeado de antemano, las has visto y ¡zas! Me he preocupado por comprobar la calidad de las flores y no es mala. Además, a pesar de vivir enjauladas, las mantienen con una temperatura constante de entre tres y ocho grados que las hace salir fresquitas. De aquí a nada seguro que veremos una máquina expendedora de anillos, otra de globos y otra de pancartas de bienvenida en las que sólo tengas que poner el nombre.

La gente se lo trabaja mucho, siempre hay un grupo con un cartel enorme en el que expresan lo que han echado de menos al que aterriza. «¡¡Bienvenido, Antonio!! Tu familia te quiere», o un más original «Se busca» y la foto del aterrizado.

Este ecosistema con vidas propias y ajenas tiene también su banda sonora. Cada tres o cuatro minutos una voz te recuerda que no dejes las maletas solas, porque son como los niños, con tendencia a perderse. O te advierte de que hace tiempo que no puedes calmar los nervios con un cigarro encendido en la boca. O que ya no se ofrece información por megafonía y debes estar atento a los ciento sesenta y ocho vuelos de las pantallas y confiar en que el tuyo no se apellide *delayed*. Los retrasos pueden agotar la paciencia, salvo que seas un *vouyeur* como yo. La voz es la misma en todos los aeropuertos: llegué a esta conclusión después de afinar mucho el oído y estudiarla en varias terminales. Entonces me entró la curiosidad: esa voz forma parte de nuestras vidas, nos ha hablado mientras hemos besado, llorado, abrazado. Y la busqué. La voz vive en San Sebastián, localicé su teléfono móvil. Entiéndanme, es difícil describir una voz, es como tratar de explicar un color. Vale que digamos que si es grave o aguda, o cascada por el humo de los bares. Pero esta voz es diferente: es limpia, aseada, cercana a lo transparente; es una voz que mastica las letras, que sabe vocalizar las comas y los puntos. Tiene un toque metálico apenas perceptible. Es, en definitiva, una voz amable, que imagino que facilitará mucho las cosas a su dueño, porque a la hora de conocer a alguien podrá mandarla de avanzadilla. Charlando con él me contó que estaba ya un poco cansado de ser el dios de los aeropuertos, de hablarnos sin que le escuchemos, de formar parte de nuestra rutina sin que nos demos cuenta. Debe de ser un trabajo que marca, e incluso que encasilla. «Es probable que la cambien rápido», me confesó. Quizá cuando alguno de ustedes lea estas líneas, ya no sea la misma. Pocos lo apreciarán, pero yo la echaré de menos, espero que el cásting para sustituirla sea exigente, para este oficio no sirve cualquiera, hay que reunir unos requisitos para acompañar las llegadas y formar parte de un lugar donde todo puede pasar...

Esa voz es el tema principal de la banda sonora, pero hay otro que me llama la atención: el murmullo. A pesar de la cantidad de gente que siempre hay en un aeropuerto, no se escuchan más que leves murmullos, nada molestos, incluso agradables. Ninguna conversación es audible salvo que vayas con la intención de escribir sobre ello; todos saben mantener el decoro que exige la situación, hablan sabiendo dónde está el límite de decibelios.

Pero el verdadero espectáculo empieza cuando la frontera se abre, que suele ser muy a menudo. En ese momento, todas las cabezas se mueven inquietas de un lado para otro, en ese gesto tan característico del que busca algo, un gesto que suele venir acompañado de un leve levantamiento de la punta de los pies para elevarse un poco, lo suficiente para mejorar el campo de visión. Da igual que sepan que el avión no ha aterrizado o que viene con retraso: la coreografía se repite periódicamente. Cualquier esfuerzo es pequeño si la recompensa es acortar los plazos.

Y entonces te encuentras con Fernando, al que la vida le ha hecho no poder ver a su abuelo durante cinco años. Y Fernando, que es un tipo de más de treinta y uno noventa de estatura, se derrumba cuando se abre la puerta, llora como un niño, quizá recordando el tiempo en que esos abrazos eran normales, cuando no tenían un océano de por medio impidiendo el contacto físico. El abuelo, que también se llama Fernando, lo toca, pasa sus manos por la cara del chico que ya no es tan chico y repasa sus rasgos, intentando buscar pistas, comprobando que todo sigue donde lo dejó, y con el dedo pulgar y el índice hace eso que tantas veces hizo: pellizcarle los mofletes hasta dejar una ligera señal sonrojada.

O ves a Manuela, unos sesenta años, cinco sin su hija, que al reencontrarse con ella no le sale la voz; ni le salen las lágrimas, a pesar de tener los ojos mojados, porque no es natural que una madre y una hija no se vean durante tanto tiempo. Y piensas en los paseos que no han podido dar, en las dudas que no han podido resolver y en las confidencias que no han podido compartir, y entiendes que no broten las lágrimas de Manuela, comprendes que quizá ya no le queden. Y su pequeña Alejandra, que ahora es ya toda una mujer, la abraza buscando su olor, su calidez, buscando el refugio a tantos días y noches unidas sólo por el cordón umbilical del teléfono y separadas por todo lo demás. Una vez juntas, perfectamente ensambladas, sin hablarse, pasan al menos dos o tres minutos que intentan recompensar cinco años.

A Edgard, que se hacía el duro minutos antes, le ves de repente muy inquieto, más cerca de la puerta de lo habitual. Lo suyo no es una espera más. Al abrirse la frontera aparece Jenni con un bebé en el regazo. Nada más encontrarse se funden los tres en un solo ser, y luego Edgard se separa un poco, como para poder ver la escena completa, y se acerca al niño, y lo besa, y lo acaricia. Es su hijo, tiene seis meses y no lo conocía. Jenni, sin trabajo, tuvo que volver a Ecuador, él se quedó y mandaba lo que podía a casa. Ahora, haciendo dos turnos ha logrado reunir dinero suficiente para pagarles el billete. Y cuando ves a Edgard observando cada pliegue, cada poro, cada centímetro de la piel de su hijo, compruebas que a ese tipo duro que era hace menos de veinte minutos le tiemblan las piernas y se le quiebra la mirada.

A Mario, nada más traspasar la línea que separa dos mundos y tantas vidas, le apetece comer. Lleva doce horas metido en el avión, que, haciendo un cálculo rápido, es una parte grande de su pequeña existencia. Sus dos abuelas se abalanzan sobre la puerta, ignoran por completo las medidas de seguridad, pisan a alguien por el camino, van a la carrera sin hacer prisioneros. No hay artritis, ni juanetes, ni duele ya la espalda o la cabeza. Es la guerra, una pelea a muerte, un sálvese quien pueda.

La recompensa es dar el primer biberón a Mario en nuestro país, una medalla que sólo podrá ponerse una a no ser que lleguen a un pacto entre damas que se antoja complicado.

No me da tiempo a ver el desenlace. Sin darme cuenta, han pasado dos horas, la puerta se vuelve a abrir y me convierto en personaje, porque se me olvidó deciros que esta vez vine aquí como un esperante más. Ahora soy yo el que protagoniza la escena. Pero ésa ya que la cuente otro...

El cine

Los domingos y fiestas de guardar nadie hacía otra cosa en el pueblo. Parecía una especie de liturgia más propia de alguna celebración religiosa: todos se vestían como si fuera el día más importante de sus vidas. Ellos solían sacar del armario las americanas jaspeadas que producían picor en la piel si no te las ponías con algo de manga larga debajo, daban lustre a sus zapatos y los más atrevidos se colocaban una pajarita o una corbata sobre la camisa en la que estaban bordadas sus iniciales. La influencia de Clark Gable incluso había hecho aflorar el bigote en algunos. Las chicas apostaban por los vestidos, que solían combinar con unas bailarinas tan de moda al otro lado de la pantalla, y encima se ponían una rebeca de punto que cubriera los hombros y alejara alguna que otra mirada furtiva: eran las Claudette Colbert o Barbara Stanwyck de Almedina. Los mayores también se volcaban en los preparativos, ellos más Spencer Tracy, con traje, chaleco y pañuelo asomando por el bolsillo de la solapa. Las mujeres también lucían trajes de chaqueta, normalmente en colores poco llamativos, la variedad cromática se movía entre el gris y el rosa pastel.

Claro, la edad de antes no era como la edad de hoy. En el grupo de mujeres y hombres mayores se incluían a todos los que tenían entre treinta y cuarenta y cinco años, de ahí hasta los cincuenta y cinco los casi viejos, y luego estaban los viejos del todo.

El pueblo tendría por aquel entonces unos cuatrocientos habitantes. La mayoría vivía del cercano campo de olivos, que producía uno de los mejores aceites de la comarca. Quizá por trabajar al sol, o de sol a sol, los rostros de sus habitantes estaban más cuarteados de lo normal. Las caras iban unos cinco años por delante de lo que decían las partidas de nacimiento. Las manos eran manos fuertes en las que se dibujaban grietas imposibles ya de reparar. Todos parecían rubios, o pelirrojos: el pelo se les había ido aclarando. Se podía distinguir a gran distancia quiénes eran los que trabajaban en el campo y quiénes, pocos, lo hacían en el pueblo, de tal forma que, por ejemplo, el boticario y su señora o el cura parecían forasteros. Era un pueblo moderno o avanzado para su tiempo: una escuela, una biblioteca y un cine, el lugar en el que los domingos se mezclaban indios y rostros pálidos, como quedaron amistosamente divididos después de ver *La diligencia*.

El cine había sido una apuesta de don Jenaro, el alcalde, hombre viajado que los logró convencer de las excelencias de un arte que los dejaría boquiabiertos. Él conocía a un distribuidor de Madrid que les prestaría las películas, con bastante retraso con respecto a la fecha de estreno, pero a muy bajo precio. Para correr con los gastos se acordó aprobar un impuesto adicional acorde con las posibilidades de cada uno y al número de espectadores por familia.

El cine estaba en un enorme local anexo al ayuntamiento que había hecho antes las funciones de almacén. Entre todos los vecinos construyeron unos bancos corridos de madera casi iguales a los que había en la iglesia. En total se podían sentar unas doscientas personas, a las que había que sumar otras cien que se quedaban de pie en los pasillos de los laterales, en el pasillo central y en la parte de atrás. Se nombró una junta gestora, encabezada, claro, por don Jenaro y en la que estaban también don Eusebio, el cura, Jacinto, un aceitunero que se llevaba bien con todos, y la mujer del boticario, Asunción, que siempre se quejaba de todo. Acordaron que al cine había que ir merendados, nada de comer mientras había proyección, porque eso implicaría una limpieza extra. La entrada sería gratuita, y los billetes, hasta que se agotaran, los repartiría Asunción en una mesa colocada a la entrada que hacía las veces de taquilla. Con esa cara tan de Bette Davis, nadie se atrevería a enfrentarse a ella.

El proyector lo habían comprado hacía cinco años, a través de otro de los contactos del alcalde. Uno de los principales problemas que se planteaba era traer las películas al pueblo: le separaban trescientos kilómetros de la capital. Pero Antonio, soltero de toda la vida, se ofreció a ir todos los sábados a por ellas. A cambio, le dejaron exento de pagar el impuesto cinematográfico. Además, en cada viaje, recibía encargos de los vecinos, unos encargos que desde la existencia del cine solían ser de ropa en su mayoría. Antonio emprendía el viaje a las ocho de la mañana en una Berliet comprada por el ayuntamiento para casos de emergencia, y ésta se había convertido en la única emergencia. Llegaba a Madrid casi al anochecer y allí le esperaba el señor Muñoz con las latas. Casi siempre iba con la incertidumbre de saber qué título tocaría esa vez: solían ser películas que el señor Muñoz dejaba de exhibir. Después de tomar un café rápido y charlar sobre los estrenos que se avecinaban, volvía a la furgoneta y se pasaba toda la noche conduciendo. Por la mañana temprano se revisaban los rollos para que no hubiese problemas por la tarde.

En el primer visionado siempre estaban don Jenaro y don Eusebio, el cura, además de algún que otro vecino que no iba a poder acudir a la sesión. Don Eusebio siempre miraba para otro lado cuando la escena podía crearle algún tipo de dilema moral, si había un beso echaba un vistazo al reloj, si el beso pasaba al colchón, le entraban ganas de ir al baño, aunque los rollos ya venían lo suficientemente cortados de Madrid.

El cine ya iba por su sexto año de existencia y, salvo algunos fallos del proyeccionista o alguna escena que todos apreciaban que había sido cortada de manera muy burda, no se había producido ningún incidente. Quizá lo más desconcertante fue cuando se cambiaron de orden los rollos de *Rebelión a bordo* y pasada una hora de película apareció el «*The end*» escrito en la pantalla.

Desde que habían visto *Rebeca* el director preferido de todos era Hitchcock y la influencia del cine fue tal que durante la semana siguiente las mujeres del pueblo se pasearon imitando a la protagonista, intentando poner la misma mirada perdida que la Fontaine. Evaristo, el médico, por poco se tuvo que automedicar cuando su mujer, Camelia, le preguntó si creía que reunía las tres cualidades de una esposa: ser ideal y tener linaje, inteligencia y belleza. No se recuperó hasta que supo que su mujer estaba repitiendo una de las escenas de la película y le recomendó que quizá debería quedarse en casa algún domingo.

En el pueblo todos esperaban ansiosos a que ese «gordito», como llamaba Luis, el cartero, a Hitchcock, volviera a sorprenderles.

Entre película y película, Luis se había casado con Jacinta, hija de un aceitunero, Jacinto, experto en el cine de George Cukor, o al menos todo lo experto que se puede ser tras haber visto sólo *Historias de Filadelfia*. Luis y Jacinta tenían un niño de nueve años al que el abuelo llamaba James por James Stewart y al que bautizaron como Jaime para españolizar el nombre del actor. Cada domingo, Jaime se quedaba con alguno de los abuelos, no sin antes expresar su malestar por no poder ir nunca a ese lugar del que luego oía hablar toda la semana. Sus padres le prometieron que al cumplir los diez les podría acompañar, y así fue como un domingo del mes de junio de 1948, con un par de años de retraso respecto al resto del mundo exterior, conoció a Rita Hayworth. Estrenarse con *Gilda* marca a cualquier niño. Jaime sólo vivía ya para que llegasen los domingos. Recuerda todavía la primera vez, el escalofrío que le recorrió el cuerpo cuando la sala se quedó a oscuras, el momento en el que se iluminó la pantalla. Sus ojos no parpadearon ni un segundo. Al principio, incluso se asustó al ver sobre una especie de pared blanca figuras de personas a las que no conocía y que hablaban tan alto. Las veía, además, en blanco y negro, cuando sus ojos eran capaces de distinguir colores. Esto, que a nadie parecía sorprender, a él le traía muy preocupado, hasta que un buen día se lo preguntó a su padre, y su padre no supo qué responder. No pudo explicarle por qué en la vida el vestido de su madre era con flores amarillas y los domingos por la tarde todos los vestidos eran grises. Durante un par de años creyó que los americanos eran gente sin color, y que, por ejemplo, todas las aceitunas que comían eran negras y que el aceite sería gris.

Una noche, en su nombre, su padre elevó las dudas del chico en el coloquio posterior a la proyección, pero ni don Jenaro ni don Eusebio ni ninguno de los asistentes supo encontrar una respuesta que convenciera a Jaime. El chaval imaginó entonces que fuera de Almedina el mundo era sin color. Otra de sus conclusiones era que en todas partes se hablaba el mismo idioma, hasta que un domingo la película tuvo que proyectarse sin doblar porque había habido una confusión en Madrid. Pero lo que más le marcó al principio de su carrera de cinéfilo fue comprobar que había gente que moría en una película y cuatro o cinco domingos más tarde salía como si nada en otra. Planteó la cuestión a los que más podían saber de esto, el boticario y el médico, y éstos trataron de explicarle que Vivien Leigh era una actriz, una señora como cualquier otra del pueblo cuyo trabajo era hacer de otras personas, pero que ella no era en realidad Cleopatra ni esa historia estaba sucediendo en ese momento. La explicación le dejó más confuso todavía y a esta confusión se añadía, sin duda, no poder ver las películas enteras porque en el cambio de rollo le mandaban a casa, así que él las terminaba a su manera. En *Casablanca* Rick se quedaba con Ilsa y se construían una casita encima del bar, y Sam se convertía en un músico famoso y recorría los escenarios más importantes del mundo dando conciertos, aunque una vez al año siempre volvía para tocar en el café donde había empezado. Luego, confrontaba su versión con sus padres o con don Eusebio y decidía quedarse con la suya. De esta manera, Jaime fue creando una especie de filmoteca paralela en su cabeza.

Un domingo, con Asunción ya plantada en la taquilla dispuesta a repartir las entradas y con la enorme cola ya formada, apareció don Jenaro con el semblante serio y triste. Se subió a una tarima y tuvo que improvisar un discurso, quizá el discurso más difícil de su vida. El amigo que le suministraba las películas en Madrid había muerto y de momento se veía obligado a suspender las proyecciones. Intentaría localizar a otro distribuidor, pero en ningún caso sería de forma inmediata.

De repente, los domingos se hicieron eternos, tristes; la gente deambulaba por el pueblo sin saber qué hacer ni a dónde ir. Por inercia, se acercaban hasta el cine para ver si don Jenaro había podido obrar un milagro. Pero la sala siempre estaba cerrada.

Pasados dos meses todos se pusieron de acuerdo en incrementar el impuesto cinematográfico si con esa medida podían encontrar a otro distribuidor. Luis fue en dos o tres ocasiones a la capital tratando de encontrar mercancía —le daba igual que fueran películas más antiguas—, pero no llegó a ningún compromiso: nadie estaba dispuesto a dejar las latas una semana a un extraño que vivía a trescientos kilómetros.

Al año murió don Jenaro, todos creyeron que de tristeza al ver cómo su gran proyecto, el que había logrado ilusionar a todo el pueblo, se había venido abajo. En el funeral, Jacinto subió a decir unas palabras.

—Jenaro quiso construir una torre de marfil con sus manos —comenzó diciendo.

Jaime sonrió. Ésa, igual que otras muchas frases que le había escuchado a su abuelo, estaba sacada de *Historias de Filadelfia*. Miró a su padre y éste le hizo un guiño.

Enterrado don Jenaro, el mando lo tomó de forma temporal don Eusebio, hasta que Asunción se convirtió en la primera alcaldesa en la historia de Almedina. Bajo su mandato se abrió un salón de baile en el local donde estuvo ubicado el cine que también servía como tómbola los domingos por la tarde.

Así, poco a poco y con el transcurso de los meses primero y de los años después, al pueblo le abandonaron las bailarinas, los bigotes a lo Gable, los pañuelos en la solapa y las pajaritas. Y, de repente, Jaime empezó a ver todo en blanco y negro.

Jaime se quedó en el pueblo trabajando de aceitunero y por las noches, antes de acostarse, siempre intentaba crear su propia película a partir de fragmentos de las que había visto siendo un niño. A lo mejor en una Lauren Bacall besaba a James Stewart y eso provocaba el enfado de Humphrey Bogart y los dos se peleaban por el corazón de la dama, y al final ganaba Bogart, que se la llevaba a vivir a Manderley.

Nunca volvió a ir al cine. Muchas familias del pueblo emigraron en busca de alguna oportunidad, alejados del duro trabajo en el campo. No quedarían más de cincuenta vecinos a los que el invierno se les hacía demasiado frío y los veranos demasiado largos.

No encontró con quien casarse. Siempre pensó que aparecería una Gilda temperamental con la que pasar aquellos inviernos y veranos, hasta que se dio cuenta de que la vida no era una película.

El día de su setenta cumpleaños decidió que se parecería a aquel en el que llegó a la decena. Se levantó y se fue hasta el pueblo vecino, desde donde cogió un autobús que le llevó a la ciudad. Allí se subió a otro para llegar a la capital. Paró un taxi y le pidió que le dejara en los mejores cines de Madrid. El destino me puso detrás de él en la cola y mi curiosidad, escuchar la frase que me ha hecho escribir estas líneas. A ese hombre solo que con sus manos agrietadas y curtidas buscaba monedas en la cartera le tocó el turno. Una voz metálica le preguntó si quería asiento de pasillo o centrado, y Jaime, Jaimito Stewart, respondió:

—Yo sólo quiero ver la película de principio a fin.

Esta vez no le mandarían a casa en el cambio de rollo.

Oficios

El fotógrafo

Aquella tarde salió pronto de trabajar, había sido una jornada tranquila. Había ido a hacer unas fotos al funeral de la duquesa de Marino. Las había hecho sin mucho interés: eran ese tipo de fotos que nunca se publicaban y que sólo servían para el archivo de la agencia.

Llevaba poco tiempo en EFE. Hacía seis meses un amigo le había comentado que andaban buscando un fotógrafo con cámara propia para trabajos esporádicos. Hizo la entrevista con Vicente Gallego y a los dos días le llamaron para firmar. Su día a día era desesperante, alejado de lo que se suponía que debía ser una jornada de un fotoperiodista. Alguna boda y muchos funerales... Se aburría, pero comía de eso, y, además, tenía que pagar la pensión de la calle Pez en la que dormía cada noche.

Hacía dos años que había dejado Valencia buscando fortuna en la capital. Desde pequeño quiso ser periodista. Cuando cumplió dieciocho, le regalaron en casa su primera cámara de fotos y desde entonces soñaba con convertirse en uno de esos reporteros que van de país en país cubriendo guerras y viviendo aventuras. En los últimos años Robert Capa se había convertido en su referente —sus fotografías de la guerra habían dado la vuelta al mundo—. Quién sabe, quizá algún día se lo cruzaría y tomaría una copa con él y con Cartier Bresson, incluso con Hemingway. Pero estaba claro que para poder llegar a eso debía ir a Madrid.

Como salió pronto del trabajo, pensó en ir al cine. Llevaba tiempo queriendo ver *Forja de hombres,* siempre le había gustado Mickey Rooney. Recogió a María en la tienda de zurcidos de la calle Alcalá en la que trabajaba y fueron dando un largo paseo hasta los cines Callao. A María la había conocido en un funeral —no podía ser en otro lugar—. Era la hija de una amiga de la fallecida, la viuda de Vargas-Zúñiga. Durante el responso se fijó en ella y, sin que se diera cuenta, le hizo tres o cuatro fotografías. Al acabar el entierro le pidió una dirección para poder mandarle una cosa. Le envió las fotos y el número de teléfono de la pensión. Ella le llamó y empezaron a verse.

Hacía un día estupendo para ser finales de octubre. Al salir del cine tomaron un helado y, después de dejar a María en casa, caminó hasta la pensión. Una vez allí, doña Aurora le dijo que habían llamado de la agencia y dejado el recado de que llamara en cuanto llegara. Era extraño, salvo que quisieran ayuda en la mudanza —la agencia estaba trasladándose desde la calle Montaner a la calle Ayala—, no entendía tanta urgencia.

Buscó el número en su vieja agenda, marcó y enseguida se puso Expósito, su jefe inmediato, que le explicó que al día siguiente por la tarde tenía que irse a Hendaya para cubrir un acontecimiento histórico del que no podía darle más detalles. No le cuadraba mucho que le mandaran a él a algo tan importante, en esos casos iba el jefe del departamento o el propio Expósito. Colgó y buscó en un viejo atlas que había en recepción dónde estaba exactamente Hendaya.

Durmió intranquilo. De madrugada se despertó y limpió su Kodak Brownie Reflex, una cámara que le había traído un conocido de Estados Unidos en la que había invertido sus primeros sueldos. Con su Argus C3 no podía trabajar en ningún sitio de manera profesional, así que la había dejado sólo para momentos de ocio.

Sin desayunar, decidió ir andando hasta la calle Ayala. Siempre que iba a pie al trabajo aprovechaba para tomar algo en un café de la calle Beneficencia. Esa mañana lo tomó más rápido de lo habitual. La curiosidad y algo de temor no le dejaban pensar con claridad.

Al llegar a la agencia se abrió paso entre cajas y enormes archivadores y subió de inmediato a ver a Expósito, que le advirtió de lo delicado del trabajo que iba a realizar.

—Ayer llamó don Vicente Gallego para decirnos que mañana en Hendaya se producirá un encuentro que puede cambiar la historia de España: un encuentro entre Franco y Hitler.

—Hitler y Franco, cara a cara... ¿para hablar de qué? —preguntó Roberto.

—Eso no es asunto tuyo ni mío, la cuestión es que tienes que irte a Hendaya para fotografiarlos. Irán fotógrafos alemanes, claro, pero por Cidra tú serás nuestros ojos.

Cidra era el nombre de la sección gráfica de EFE por aquel entonces.

—¿Yo? Pero si lo máximo que he hecho ha sido ir a los funerales de gente acaudalada para tener fotos de archivo. Sólo me habéis publicado una foto en seis meses.

—Pues ya ves, ahora mismo no puede ir ningún otro. Blas está enfermo y yo no puedo dejar la agencia sola. Además, tengo que revelar todavía las fotografías de la visita de Himmler que se publicarán en la edición de mañana. Así que ya sabes. No será complicado, no te preocupes, sólo se podrán hacer fotos a la bajada del tren y durante el reconocimiento de las tropas.

—¿A qué hora es el encuentro?

—A las tres y media de la tarde si no hay retrasos. El caudillo llegará en un tren desde San Sebastián. Tú tienes billete para esta tarde, a las seis. Llegarás a San Sebastián por la mañana y desde allí te coges un taxi hasta Hendaya. Ya te explicarán todo el protocolo. Ante cualquier duda, pregunta por el barón de las Torres, él será el traductor del caudillo.

Pasó a ver a María y le contó que estaría un par de días fuera por motivos de trabajo; prefirió no dar más explicaciones. Se marchó a la pensión, saludó a doña Aurora y preparó un par de mudas. Buscó la chaqueta que se ponía para las bodas y sacó del fondo de un cajón una corbata que nunca usaba.

Regresó a la agencia, cogió material y se marchó a la estación. El viaje era largo, así que se puso todo lo cómodo que pudo y al anochecer intentó conciliar el sueño. Durmió hasta las cuatro de la madrugada. Luego se dedicó a leer y a esperar a que abriera el coche-bar para poder tomar un café y comer algo. El tren llegó a San Sebastián a las diez de la mañana. Allí le esperaba un taxi que en unas dos horas debía dejarle en la estación de Hendaya.

Al llegar, le pidieron la documentación por partida doble. Fue enseñando el carné de prensa a todos y por fin pudo acercarse al andén para ir ensayando un poco.

Se suponía que sólo podía fotografiar el momento en que Franco y Hitler se bajaran del tren, el instante del saludo entre ambos y cuando pasaran revista a las tropas. Eso serían unas veinte fotografías. Teniendo en cuenta que con cada rollo podía tirar doce, debía calcular muy bien cuándo cambiarlo. Las primeras doce las haría en la bajada y el saludo. Luego aprovecharía la formación de las tropas para cambiar. Hacía muy buen día, así que la luz no sería problema.

Encendió un cigarrillo y se sentó en uno de los bancos de la estación. Se levantó a saludar a Evaristo, el camarógrafo del nodo, que acababa de llegar. Intercambiaron ideas, acordaron la posición de cada uno para no entorpecerse y hablaron de los nervios que suponía tener que cubrir esa noticia.

En el bar de la estación sólo había bocadillos de fiambre para comer. Lo mejor era tomarse uno pronto porque sólo Dios sabía cuándo volvería a poder hacerlo.

A las tres en punto de la tarde entra en la estación Adolf Hitler rodeado de un enorme séquito. Los fotógrafos alemanes hacen su trabajo, a él no le está permitido acercarse todavía. La estación está llena de banderas alemanas y españolas. Hitler lleva el uniforme del partido y una gorra plato. Impresiona verle de cerca: el hombre que está aterrorizando al mundo parece un actor cómico al natural. Empieza a dar breves pasos hacia un lado y otro, mira con frecuencia su reloj de pulsera. El de la estación marca las tres y cinco minutos de la tarde. Franco llega con retraso. A las tres y ocho minutos se escucha el ruido de otro tren: el *break* de Obras Públicas hace entrada en la estación.

Roberto recibe permiso de la seguridad alemana y española y se acerca hasta el punto donde parará el coche del generalísimo. Pasados tres o cuatro interminables minutos, se abre la puerta. Efectúa tres disparos. Franco desciende no sin alguna dificultad del tren. Se dirige hacia Hitler y se saludan, otras cuatro fotografías seguidas, pero, de repente, con un gesto, uno de los mariscales alemanes dice que se repita la escena: Hitler ha olvidado quitarse su guante de raso blanco y no es protocolario. Le quedan cinco disparos. Vuelve a tomar posición y Hitler da la señal. En la primera se le cruza el barón de las Torres, en la segunda el cámara alemán le empuja y le mueve la foto, en la tercera cree que un rayo de sol ha podido deslumbrar la imagen, en la cuarta y en la quinta le da la sensación de que ha pillado a Franco con la mano en la nariz. Confía en que sólo sea una percepción, pero de momento las cosas no pueden salir peor. Les indican que no se hagan más fotografías. Le quedan dos: un veterano le dio el consejo de que siempre guardara algún disparo por si hay algún imprevisto, aunque lo cierto es que todo aquello está siendo imprevisto.

Mientras Hitler y Franco intercambian algunas palabras, Roberto siente que alguien le toca el hombro. Es Ramón Serrano Súñer, el cuñado de Franco, el ministro de Asuntos Exteriores. Se queda paralizado.

—Usted es de Cidra, ¿verdad?

—Sí, señor.

—Mire, he hablado con los directores de los periódicos para que las fotos que vayan en portada pasado mañana sean las del reconocimiento de las tropas. El caudillo, en un momento de la revista, adelantará un par de pasos al Führer, de esta manera parecerá igual o más alto que él. Así que le pido que se esmere todo lo posible.

—Descuide.

Al menos, si las otras fotos han salido mal, tiene la oportunidad de desquitarse ahora, con las imágenes importantes de verdad.

Franco y Hitler terminan su saludo y se disponen a pasar revista. Roberto ya ha corrido hacia la nueva posición, en un extremo del andén. Desde ahí puede acercarse lo suficiente. Dispara una de prueba y se asegura de que todo está en orden. A mitad de paseíllo, se acerca y dispara otra. Carga y, al ir a disparar, la cámara se encasquilla. Parece atascada. Lo sigue intentando, pero no hay manera de que funcione. Empieza a sudar y a ponerse pálido. Cree que va a desmayarse en cualquier momento. ¿Cómo puede estar sucediéndole eso en ese preciso instante? Empieza a reproducir en su mente los diez minutos anteriores, reconstruye la noche que pasó limpiando la cámara. Los rollos de película. Y entonces le da un vuelco el corazón. No lo ha cambiado, no ha cambiado de rollo. Ha gastado diez disparos con la bajada de Franco del tren, el saludo con guante, el saludo sin guante, el de prueba y el que acaba de hacer. Sin duda, le han despistado las inesperadas palabras del ministro.

Franco y Hitler se meten en el *Erika*, el tren alemán, y pasan todo el día dentro. Roberto debe partir hacia San Sebastián para coger el tren a Madrid y poder dedicar la tarde del día siguiente a revelar el material.

Le cuenta lo sucedido a Evaristo. Evaristo ha sido fotógrafo muchos años en el antiguo Centro de Corresponsales, el germen de la actual EFE. Le dibuja un horizonte preocupante y le advierte de que sólo tiene dos soluciones: rezar para que la única fotografía que ha hecho mientras pasaban revista sea buena o hacer un montaje que, con suerte, nadie notará.

—Mira, chico, tú ahora vete para Madrid, pero antes aprovecha que tienes el andén prácticamente vacío. Haz tres o cuatro fotos desde una posición parecida a donde hiciste las otras. Luego buscas en el archivo de la agencia fotos de Franco y de Hitler, que habrá bastantes, las recortas y las pegas.

—Pero, pero ¿eso se puede hacer? ¿La gente no lo notará?

—Notará mucho más si no hay foto, chaval.

Roberto hace varias fotos del andén desierto y emprende el viaje de vuelta.

En cuanto llegó a la agencia, Expósito le preguntó cómo había ido todo. Roberto disimuló y afirmó que muy bien. Su jefe le recordó que la foto importante era la del momento en que se pasaba revista, sin duda había hablado ya con Serrano Súñer. Se fue al laboratorio y empezó con el revelado.

Fumó un cigarro tras otro, rezó lo que no había rezado en su vida. En las cubetas empezaron a verse las imágenes. En una aparecía fotografiado el techo de la estación, maldito alemán. En otra, la espalda del barón. Y en las dos restantes, Franco hurgando en su nariz. Tenía un problema.

Esperó hasta poder ver las del desfile. En la primera, que es la que había hecho de prueba, ni siquiera aparecían los protagonistas. La segunda tenía buena pinta. La puso a secar y encendió otro pitillo. Ésa sería la portada de la prensa. Después de mirarla un par de minutos, se acercó y creyó que estaba soñando. Franco tenía los ojos cerrados en la única imagen que se podía salvar de aquel catastrófico viaje.

—¡Maldito enano! —gritó—. ¡Primero la nariz y ahora los ojos!

Después de unos minutos de pánico, se acordó de Evaristo. Puso a revelar el segundo carrete y mientras subió al archivo.

Encontró varias imágenes que podían encajar en aquel andén vacío y otras tantas de Franco en una posición similar. No halló ninguna en la que el caudillo llevara la Cruz del Águila, pero imaginaba que nadie se daría cuenta de ese detalle.

En el andén vacío colocó a los dos y a un tercer militar alemán que tenía de la foto de la nariz. Y en la que de verdad importaba le cortó la cabeza a Franco y la sustituyó por otra de una recepción en verano.

Después de varias horas examinó con lupa las nuevas y frankenstenianas imágenes y decidió llamar a Expósito para mostrarle el resultado. No apreció nada, les dio el visto bueno y las mandaron a los periódicos. Expósito le recordó que enviara el resto de imágenes a archivo. Con suerte, pasarían muchos años hasta que alguien se diera cuenta del montaje.

Muy cansado, se marchó a la pensión a dormir. Le dieron libre el día siguiente. Se despertó a eso de las doce de la mañana. De camino al bar de la calle Beneficencia paró a comprar el periódico.

Al echar un vistazo a la portada sonrió. Ya sabía lo que era hacer un trabajo de riesgo.

CORTE Y CONFECCIÓN

En aquella época era habitual estudiar corte y confección, a pesar de que en el pueblo donde vivía la gente estaba más para remiendos que para otra cosa. La idea de Consuelo era abrir su propio taller una vez concluido su periodo de formación. Siempre le había gustado andar con las tijeras de un lado para otro pegando tajos a cualquier prenda que ya no sirviera en casa; incluso siendo una niña construía miriñaques a sus muñecas para luego ponerles encima cualquier trapo y que parecieran princesas de cuento. Le fascinaba esa moda que veía en algunas revistas: mujeres que llevaban un armazón metálico debajo de la falda. Se las imaginaba siempre de pie, sin poder sentarse, como princesas sin trono que marcaban con hierros un territorio inaccesible. Se preguntaba cómo darían los besos: tendrían que echar el cuerpo hacia delante buscando traspasar la frontera de su cárcel individual. Desde luego, el efecto era bonito, pero no sabía si el sacrificio valdría la pena.

—Mamá, y la gente que lleva debajo del vestido esa especie de falda de acero, ¿cómo se da besos? —preguntó Consuelito.

—No se los da, los manda: los lanza al aire para que el pretendiente los coja al vuelo —respondió su madre.

—¿Y si no lo coge? ¿Y si lo coge otro que pasa por ahí? —replicó la niña.

—Eso es imposible, hija, los besos llevan nombre y apellido. Si se desvían, se pierden, pero nunca van a parar a otros labios o mejillas.

Consuelito elaboró una teoría propia según la cual los miriñaques eran los causantes de muchos momentos de felicidad. Porque si muchos besos se perdían en el aire, éste quedaba contaminado de ellos, y podía darse la situación de entrar, por ejemplo, en un baile y que el salón estuviese lleno de besos desatinados, perdidos, huérfanos, y si daba la casualidad de que eran muchos, el ambiente se notaba cargado de algo especial. Por eso, ella mandaba constantemente besos a sus muñecas vestidas con el armazón metálico de otro siglo.

Pasada la etapa de las muñecas y las cárceles, decidió inscribirse en la academia de doña Laura, una mujer mayor que siempre presumía de su paso por los mejores talleres de París. Con ella aprendió todos los secretos de las telas y las entretelas, de los orillos y del corte al bies. Los patrones eran mapas en los que vivir aventuras, cada uno se convertía en un viaje diferente al anterior, un viaje único. Con catorce años, Consuelo diseñaba sus propios vestidos, que, junto a los de sus compañeras, se vendían en la planta de debajo de la academia a precios económicos. Recibía un porcentaje de dinero de las ventas que venía muy bien en casa.

Su padre murió pronto, o, al menos, pronto para ella. Se perdió, sin querer perdérselo, verla crecer entre hilos. Se fue un día sin hacer ruido, como había sido prácticamente toda su vida. Aquellos días los recordaría siempre: la habitación de sus padres convertida en un velatorio y el traje que le habían puesto al difunto, el único que tenía, el que sacaba igual para un bautizo que para ir a ver a algún cliente, un traje con solera que le quedaba pequeño y que daba una imagen de familia modesta que se correspondía bastante con la realidad. Quiso varias veces comprobar si los pantalones tenían dobladillo para sacárselo y que al menos no se vieran esos calcetines que no conjuntaban nada con el resto del cuadro, pero no se atrevió a ejecutar la maniobra. Dada la situación, quizá no iba a ser entendida por todos.

Muchas veces se preguntaba si sus padres habían sido felices. No les había visto darse un beso jamás, salvo en misa, cuando el cura sugería, aunque más bien parecía una orden, que se dieran la paz, pero eran besos de mejillas, besos de mentira, de compromiso, eran como un borde sin rematar. Al morir su padre, ella tomó de alguna manera las riendas de la casa. Su madre había vivido dedicada a él y a sus hijos y no tenían ninguna fuente de ingresos que pudiese alimentar las cuatro bocas que se quedaban desvestidas.

Una de las cosas que más le preocupaba era que su madre saliera a la calle con mala apariencia, como abandonada, por eso siempre se afanaba en hacer apaños a los tres vestidos que poblaban su armario.

Un día, por la academia de doña Laura apareció un periodista de Radio Jaca: se encargaba de la sección de moda en un programa de la emisora y quería contar con alguien que diera consejos sobre cómo aprovechar la ropa esa que se tiene en casa y no se sabe qué hacer con ella. Su jefe decía que la mayoría de sus oyentes eran mujeres, o como él las llamaba, «oyentas», y había que prestarles especial atención. Ese día ella era la única que todavía estaba en el taller, además de doña Laura, que rápidamente se ofreció a contestar cualquier pregunta suya. Sin embargo, Fermín quiso otra opinión y pidió permiso para preguntar a Consuelo.

—Consuelo, aprendiz de modista, ¿qué consejos daría usted a esa mujer que ahora nos escucha y que no quiere gastarse sus ahorros en un vestido nuevo?

—Hola, buenas tardes —empezó diciendo Consuelo—. Yo opino que hay una cosa que no se compra con dinero y es la imaginación. Una puede tener mucho dinero, pero muy mal gusto; en cambio, hay mujeres que con casi nada van muy guapas.

—Dígame algún ejemplo, por favor —pidió el periodista.

—Mire, a veces cambiando unos botones a una chaqueta o a un traje, la apariencia es otra. Podemos comprar unos botones grandes y de un color alegre y sustituirlos, de tal manera que cambiaremos el aspecto por completo. Además, la gente mirará más los botones que la prenda, sin saber si es vieja o nueva.

—Muy lista... y una opción muy interesante. Casi todo el mundo puede comprar unos botones. Cuestan muy poco. Muchas gracias.

Al cabo de una semana llamaron a Consuelo de Radio Jaca para ofrecerle una colaboración semanal a cambio de una pequeña retribución. La idea de los botones había tenido un enorme éxito. Doña Laura dio su bendición, siempre y cuando citara en cada programa su academia. Cada vez eran más las señoras que con cualquier excusa se dejaban caer por el taller en busca de consejos extras.

Con el dinero de la academia y el de la radio la familia fue tirando. No se podían permitir ningún lujo, pero vivían sin estrecheces, que ya era bastante. Consuelo sabía que lo de la moda podía ser pasajero, así que se matriculó en la escuela de administrativos: si algún día había que dejar las agujas, podía ser secretaria o llevar las cuentas de alguna cooperativa de la zona.

No solía alternar, o más bien, no le quedaba tiempo para alternar, pero un día su compañera Pilar insistió mucho para que acudiera al baile del domingo con ella. Pilar, que no daba puntada sin hilo, quería encontrarse con Jaime, un chico que le rondaba desde hacía ya tiempo y que no terminaba de decidirse a dar el paso definitivo. Por no escucharla, Consuelo accedió a ser su carabina o como se denominara a la figura que acompaña a quien sale en busca de pareja.

Se probó un vestido que no se ponía desde hacía al menos un par de años y al mirarse en el espejo se aterrorizó: parecía mucho mayor de los veinte años que tenía.

(ACLARACIÓN: Consuelo morirá al cumplir los cuarenta, ella, claro, no lo sabe, como no sabemos ninguno cuándo nos llegará el turno, así que el día en que se miraba al espejo ya había consumido la mitad de su vida. Si encima la apariencia, con el viejo vestido puesto, era de tener treinta, la cercanía al final era mayor. Quizá por eso su obsesión por rejuvenecer la ropa, por darle una segunda vida, por quitarle años.

No se queden fríos ni tristes por este dato, tengan en cuenta que ella vivirá cada día sin poseer la información que ustedes poseen, así que no se atisbará en Consuelo un momento de tristeza más allá de los que pueda tener cualquier persona. Usted, estimado lector o lectora, no sabe, tocamos madera, cuándo cerraremos la tienda, cuándo no habrá un pasado mañana. Así que no sientan pena por ella: Consuelo sabe lo mismo que ustedes saben sobre su propia vida o su muerte).

Consuelo decidió convertir el vestido en falda, una falda larga plisada que, junto con una blusa a la que añadió un broche y unos botines marrones, le daba el aspecto que se correspondía a su edad. Puntual, como no podía ser de otra manera, Pilar pasó a recogerla por casa. Dio unos besos sonoros a su madre y a sus hermanos pequeños y salió al encuentro de su amiga.

El baile era, como todos los bailes a los que había ido, un auténtico aburrimiento, sólo las parejas ya medio consolidadas salían a la pista; el resto, sentados en incómodas sillas, esperaba que se acabara la música poniendo cara de circunstancias y de estar pasándoselo bien mientras observaba las ganas de darse besos de otros. Consuelo le dijo a Pilar que se marchaba a casa y que la vería al día siguiente en el taller. Justo al llegar a la puerta escuchó unas palabras:

—Me gusta mucho tu falda, es como alegre, me recuerda a las columnas de esos edificios griegos que estudiábamos en el colegio —medio susurró un hombre.

Al darse la vuelta vio a un chico vestido con una chaqueta que parecía de su padre pero con unos botones de color amarillo que le daban un toque moderno que le provocaron una sonrisa escondida, una sonrisa de esas que no se quiere manifestar físicamente por si ofende al de enfrente, una sonrisa que pellizca por dentro.

—Vaya, gracias, es usted muy observador —respondió Consuelo mientras repasaba de arriba abajo la hilera de botones.

—Me gustaría invitarla a un baile, si no tiene que irse ya —dijo el botones.

—Me iba justo ahora, pero no pasa nada si me voy un poco después. —Lo cierto es que no perdía nada por irse diez minutos más tarde.

La orquesta, que era una orquesta moderna y además sabía inglés, comenzó a tocar una canción titulada *Put your head on my shoulder,* de un grupo llamado los

Platters. En un momento de la canción, Roger, al que todavía no hemos presentado y que estaba haciendo el servicio militar cerca del pueblo, le dijo que el título significaba «pon tu cabeza en mi hombro». Ella, en cuanto escuchó aquello, hizo lo propio. Hasta mucho tiempo después no sabría que Roger no se lo pidió tan directamente como ella había creído, sino que sólo estaba traduciendo el título. Esa canción se convertiría para siempre en su canción. Consuelo siempre recordaría que aquella noche le habría gustado llevar un miriñaque debajo de la falda, pues creía que en cualquier momento Roger se iba a atrever a darle un beso, y esa situación la ponía tremendamente nerviosa. Nunca había dado un beso en la boca, y no sabía si estaba preparada: sólo había practicado dándoselos en su propio brazo, siguiendo las instrucciones de Pilar, y tenía miedo a hacer el ridículo. Roger no se atrevió, o no lo intentó.

El beso llegaría una semana más tarde, en la intimidad de un banco de la plaza, bajo la luz intermitente de una farola a punto de fundirse. Repasó mentalmente todas las consignas recibidas e imaginó algo tan poco romántico como que los labios que se acercaban eran su propio brazo, pero a los pocos segundos los labios de él tomaron el mando de las operaciones y besar se convirtió en su *hobby* favorito. Durante su noviazgo, se escribían cartas todos los días. Roger tuvo que volver a Barcelona unos meses y Consuelo fue a Valencia a ampliar sus estudios de administrativa, pensando en la manera en que deshilarían un futuro juntos. Madrid, en el horizonte, era el lugar en el que estaba previsto que tuviese lugar el reencuentro, el inicio del resto de sus vidas. Cuando decimos que se escribían a diario no es una exageración: cada mañana a la misma hora el cartero echaba en un buzón barcelonés y en otro valenciano un sobre cargado de planes, de te quieros, de te echo de menos, de besos manuscritos, de deseo. Cuando las letras de las cartas se hicieron realidad, cuando se instalaron en Madrid, llegaron a un acuerdo: seguirían escribiéndose a pesar de estar juntos, aunque fueran unas pocas líneas poniendo en papel el día que acababan de compartir. Cada carta era un día más en un calendario que, sin ellos saberlo, avanzaba demasiado rápido. Consuelo seguía cosiendo, aceptando encargos de las vecinas que le pedían zurcidos y arreglos sencillos. A los hijos que vinieron, tres, los llevaba siempre vestidos de una manera llamativa para la época: pantalones anchos, sombreros y chalecos que parecían de hombre mayor para los dos niños y vestidos de princesa para la niña.

Abrazados, como en aquel baile del aquel verano, pasaron los siguientes veinte años, compartiendo noches, velando el sueño de los pequeños, hasta que llegó el final anunciado unos párrafos antes.

Roger recuerda la última vez que la vio: Consuelo le pidió que lanzara besos al aire para llenar la habitación del hospital de felicidad, como si la cama fuera un miriñaque imposible de sortear, a lo que él y sus tres hijos respondieron de inmediato. Luego, entre lágrimas, Roger se quejó de lo corta e injusta que era la vida. Ella, con una sonrisa, le pidió que se acercara y, con la voz quebrada, le dijo al oído que no se preocupara, porque a la vida también se le puede sacar el bajo.

Al acabar todo, Roger se refugió en el dormitorio que tantas veces les había visto susurrarse su amor y se puso a escribir: una carta sencilla que decidió mandar al periódico con el que los dos desayunaban cada día. El destino les robó muchos desayunos juntos. Esa carta es lo más parecido a un patrón de costura, a un mapa de una vida cosida día a día.

Marta

Temprano, como cada mañana, atraviesa la ciudad para llegar a una oficina que en realidad no es una oficina. Aprovecha para hablar con todo el que se cruza en su camino, sabiendo que tendrá que pasar todo su turno callada. Le esperan horas de silencio. Es una de las cosas que peor lleva: no decir palabra durante tanto tiempo. A veces le dan ganas de responder a alguien, o consolar a alguno de los niños que huyen de ella, o mandar a tomar por saco a los pocos groseros que le sueltan improperios. Pero tiene que ser fiel al contrato y a la cláusula veintitrés, que dice claramente que bajo ninguna circunstancia emitirá sonido alguno.

La imposibilidad de hablar es una de las mayores dificultades; la otra es la visión complicada y semiperiférica. Son diez centímetros de ancho por cuatro de alto lo que miden sus ojos. Un pequeño rectángulo a través del cual mirar el mundo. Sus ojos están en la boca, es decir, y aunque suene a lío, mira por donde debería hablar, o si se quiere ser más romántico, mira por donde otros besan. Lo pasa mal porque para poder adivinar los obstáculos del camino tiene que inclinar la cabeza entera. Sólo puede ver lo que tiene de frente, todo lo que esté situado a los lados, en el suelo o en el cielo son puntos muertos que debe vigilar.

Marta estudió arte dramático. Sus asignaturas favoritas eran Cuerpo y Voz y Verso y Métrica. Ninguna le sirve en su nuevo puesto. A pesar de todo, le gusta lo que hace, es el centro de todas las miradas. Todo el mundo la saluda y le piden autógrafos cada cinco minutos sin darse cuenta de que físicamente no puede.

A la oficina que no es oficina, sino un vestuario, llega pasadas las siete de la mañana. Abre los dos candados que custodian el enorme armario y allí aparece su otro yo. Ya está habituada a verlo. Antes de ese día ha recorrido el mundo con él a cuestas: lleva dos años metida en esa otra piel. Ha paseado por Estados Unidos, ha posado frente a la Torre Eiffel e incluso ha desfilado por la Plaza Roja de Moscú. Todos esos recuerdos los tiene perfectamente archivados en un álbum, pero casi no lo enseña, porque, a pesar de ser ella, nadie la reconoce.

Y ahí está, dispuesta a empezar una jornada que quizá es la más importante de su trayectoria. Gira la llave y quita el primer candado, quita el segundo y abre el portón metálico. Saca el traje, introduce primero un pie, luego el otro, los ata con unos cordones para que no se separen. Se agacha y va subiéndoselo poco a poco. Al llegar al cuello, se ajusta bien la cabeza. Entonces llama a Juan, uno de sus compañeros, para que le ajuste las varillas metálicas que van ancladas a una pequeña estructura que se debe colocar sobre el pelo.

—Juan, ya puedes darle al botón —dice.

—Voy, Marta, espera que te ajuste bien esto. ¿Cierro ya la cremallera?

—Sí, dale, ten cuidado de que no se pille con los bordes, que puede hacerse algún agujerito —responde Marta.

—Vale, no te preocupes, allá voy.

Y Juan aprieta el botón. El traje empieza a inflarse, en unos treinta o cuarenta segundos termina la operación.

—Marta, te meto en este bolsillo la batería. Recuerda que cuando veas la lucecita roja, tienes que volver corriendo, que si no esto se viene abajo y saldríamos en todos los papeles y seríamos el hazmerreír. Y recuerda: no te pongas nerviosa si ves al rey. Seguro que te da unas palmaditas y ya está. Venga, ensaya otra vez los saltitos. Muy bien. Y ahora adelante y atrás, bien. Y por último, saluda con las alas, ¡estupendo!

Es 20 de abril de 1992, en Sevilla empieza la Expo y hasta el 12 de octubre Marta será Curro.

Durante los viajes y los ensayos Marta había ido puliendo detalles del disfraz, aprendiendo a dominar el espacio, a saber, por ejemplo, que el enorme pico que le habían colocado llegaba sesenta centímetros antes a los sitios que su cuerpo. Ese pico es una buena arma, y la utilizará si es necesario. Si alguien se pone pesado, le arrea con el pico y punto. Además, como siempre está sonriendo, nadie se enfadaría con ella.

Al salir a la luz encamina sus pasos hacia los tornos de entrada. Su primera misión es hacerse una foto con los primeros cien visitantes. Durante esa aventura inicial se da cuenta de lo que le espera los próximos meses. Los niños le estrujan, le dan patadas y tiran de sus alas, y a pesar de que el guía que los acompaña explica que Curro es un pájaro, que no puede hablar, todos se empeñan en decirle algo. Transcurridas dos horas, escucha unos leves pitidos: son las baterías. Disimulando, emprende el vuelo de vuelta a la base de operaciones.

Una vez recargadas las pilas, encamina sus pasos hacia el pabellón de España. Está previsto que acudan los reyes y el resto de autoridades una vez terminada la ceremonia de inauguración. Don Juan Carlos se dirige hacia él al grito de:

—¡Curro, Curro! —Cuando llega a su altura, le estrecha el ala—. ¿Cómo te llamas? Quiero decir, ya sé que eres Curro, pero ¿cómo se llama quien hay dentro? —Segundos de silencio—. ¿Eres chico o chica? —contraataca el rey. Curro contesta moviendo la cabeza de arriba abajo—. Chico y chica, es chico o chica este Curro...

El comisario de la exposición intenta explicarle que Curro no puede hablar, lo tiene prohibido. Entonces, el rey se acerca mucho hasta la boca de Curro y le vuelve a preguntar.

—¿Cómo te llamas?

Y Curro, que no es Curro, susurra la única frase que pronunciará durante la jornada laboral.

—Me llamo Marta, majestad.

El rey empieza a reírse sonoramente.

Pasado el sofocón inicial, Marta piensa que lo mejor para esa situación es empezar a hacer piruetas y saltitos para distanciarse poco a poco. Al llegar a la puerta de salida, respira aliviada.

A las tres de la tarde la cita es en el lago artificial. Le toca pilotar una moto de agua saludando a los visitantes, y por qué no decirlo, también salpicándolos, para vengarse de alguna manera de ellos. El paseo dura unos veinte minutos y es quizá el momento del día que más disfruta, y también en el que más miedo pasa. Todavía tiene fresco el recuerdo de lo ocurrido un año y medio atrás, en una de sus primeras apariciones públicas.

Isla de Santa Cristina, Huelva, noviembre de 1991. Día señalado para botar una réplica de la nao *Victoria,* el barco con el que Elcano dio por primera vez la vuelta al mundo. Curro aguardaba en uno de los camarotes hasta que le dieran la señal para subir a cubierta.

La hora fijada para estampar el botellazo con el que se iba a bautizar oficialmente a la nao era pasadas las tres de la tarde, para que los informativos de televisión pudieran conectar en directo. Una vez cumplida la tradición, la nao debía empezar a deslizarse por el carro, pero algún operario olvidó quitar una de las cuñas de protección y tuvieron que utilizar un pequeño remolcador que, con no pocos esfuerzos, cumplió su misión.

Una vez en el agua, Curro abandonó su camarote, subió a cubierta y empezó a desplegar todo su repertorio: salto hacia delante, salto hacia atrás, saludos con un ala, saludos con otra. En tierra se escuchaba a los fotógrafos.

—Curro, *quillo*, asómate un poco, ponte más cerca de la barandilla —soltó un famoso periodista local.

Curro hizo todo lo que le pidieron. Transcurridos veinticuatro minutos, el barco empezó a moverse de modo sospechoso. Se oyeron gritos en el muelle.

—¡Que se hunde, que el barco se hunde! ¡Que se está torciendo mucho! Curro, sal de ahí, muchacho.

Con su mirada periférica, Curro miró a babor y a estribor y, efectivamente, comprobó que estribor estaba elevándose mucho. Asustada, Marta decidió regresar al camarote para intentar quitarse a Curro de encima. Pero sin ayuda era imposible. Gritó, pero el caos ahogaba sus lamentos. Se golpeó contra las paredes pensando que quizá podría romper el disfraz. De repente, apareció un tripulante que la ayudó a rajarlo y a salir por una de las escotillas.

Al llegar a la orilla, que estaba a escasos diez metros, todo el mundo preguntaba por Curro. Ella recordó su contrato y guardó silencio.

Desde aquel susto, Marta lleva siempre una navaja encima por si necesita salir de su otro cuerpo con urgencia.

Aquella época no había sido fácil. Faltaba más de un año para la Expo y Curro era objeto de críticas por parte de algunos sectores de la sociedad. Todos piropeaban a un perro extraño nacido en Barcelona que tenía hasta su propia serie de dibujos animados. A Cobi lo conoció en una visita de cortesía que la mascota de los Juegos Olímpicos hizo a las obras de Sevilla. Eran prácticamente de la misma altura, unos dos metros, aunque la cresta multicolor de Curro le hacía parecer más alto. No se verían muchas más veces. Jaime, el chico que daba vida a aquel perro, le dijo que tuviera cuidado con Felipe González.

Ese mismo día recordaría esas palabras. Por la tarde, después de comer anónimamente en un chiringuito al lado del pabellón japonés, volvió a la oficina. Los pies primero, las varillas de la cabeza, la ayuda de Juan, el inflado y a recorrer ese microcosmos.

A eso de las seis toca acompañar en el recorrido a las autoridades. Curro empieza a hacer sus gracias delante del séquito, encabezado por el presidente del Gobierno. Después de dos o tres revoloteos, escucha un grito.

—Mi *arma,* deja de moverte y de mover las alitas, que me estás llenando de polvo.

La voz es andaluza. Al girar sus ojos rectangulares, le pone nombre: es Felipe González, que con gracia le mete un buen corte.

La jornada está llegando a su fin. Vaya día tan agotador. Al volver de retirada al vestuario, coincide con otros Curros. Todos regresan exhaustos. Prefieren no pensar en cómo será meterse en esos disfraces cuando llegue agosto. Ya les dijeron en la instrucción que la temperatura dentro de Curro sube unos cinco grados. Al mal tiempo, buena cara.

Al llegar a casa su madre pregunta a Marta cómo ha ido el día. No responde, no dice nada, dos minutos después cae en la cuenta de que no tiene el disfraz puesto y puede hablar.

—Bien, bien —contesta—. Ha ido bien.

En el informativo de por la noche de la tele hablan de la inauguración de la Expo. Ella aparece por todas partes, pero nadie la reconocerá nunca.

Se acuesta. Mañana toca volar de nuevo.

El funambulista

Escuchaba los gritos lejanos de gente pidiéndole que bajara. No distinguía las voces, pero imaginó que había más mujeres que hombres y contó a varios niños entre la multitud. No quería mirar por miedo a desequilibrarse: a veces mirar hacia otro lado es una forma de desequilibrio enorme. Subido a su alambre, buscando que las dos partes de su cuerpo estuviesen en perfecta armonía, decidió que no volvería a pisar tierra.

Desde pequeño había sentido una especial predilección por trepar a cualquier sitio que le diera una buena perspectiva de las cosas; se subía a los árboles, a las mesas, a los coches. Pero fue ver en la tele a un hombre atravesar el cielo de Nueva York sobre una cuerda lo que le hizo descubrir una exótica palabra que por entonces no acertaba ni a pronunciar: «Funambulista». Claro, uno de pequeño quiere ser futbolista, o astronauta o médico, si hay alguno en la familia, pero se hace muy complicado explicar a unos padres que de mayor quieres vivir en el alambre. Él estaba decidido. Empezó ensayando con cosas que tenía a mano, por ejemplo, por el filo de la verja de entrada a su casa. Era frecuente que mucha gente al pasar se quedara mirando cómo aquel mocoso caminaba con tiento a dos metros de altura. Se formaba un pequeño grupo que le advertía de los peligros de su aventura mientras disfrutaban del espectáculo. Pronto se dio cuenta del lado morboso que todos llevamos dentro: esos vecinos se preocupaban por su integridad aunque en realidad aguantaban un rato atraídos por el riesgo de la acción y la posibilidad de verle caer.

Estar arriba le daba una sensación de bienestar. A la vista de todos, pero sobre ellos, se escondía de los problemas más mundanos. Su mente tenía que concentrarse tanto que era imposible pensar en otra cosa, no tenían cabida las peleas de los mayores. Al principio, sus padres le recriminaban esa actitud, pero luego vieron en esa afición una forma barata de tenerle entretenido. Sin pretenderlo, se quitaban a Víctor de encima —nunca mejor dicho—.

Cuando se cansaba de ir de un lado para otro se sentaba un rato para recuperar fuerzas y al rato volvía a la carga. Un buen día dijo que no bajaba a comer. Después de muchos gritos y un par de zapatillazos, su madre accedió a llevarle la comida a la verja. Los días más complicados eran sin duda los de sopa: al equilibrio que debía buscar constantemente había que sumar el movimiento de la cuchara. Pero cada comida se la tomaba como un reto, un desafío que le hacía estar más cerca de su objetivo: convertirse en el mejor equilibrista del mundo.

Don Agustín y su señora, unos vecinos mayores del barrio que veían algo poético en la cabezonería de ese niño, le regalaron por su cumpleaños una cuerda. Una cuerda rígida, metálica, que medía lo suficiente para unir la distancia existente entre dos árboles cercanos y que debía de pesar unos treinta o cuarenta kilos. Decidieron instalarla por la noche, antes de irse a dormir, porque dormir no dormía en la verja: esas horas y las que por obligación pasaba en el colegio eran las únicas a ras de suelo. Los árboles eran dos viejos pinos que habían ido dando sombra a una casa donde el sol no calentaba.

Pasó la noche inquieto, con esa inquietud que se tiene cuando sabes que al día siguiente te espera algo importante; durmiendo sin dormir, dando vueltas en una cama convertida en la cama de un faquir.

Al despertar, salió disparado al jardín y se quedó mirando la belleza de aquel cable perfectamente tenso que esperaba ser atravesado, conquistado y vivido. Trepó por uno de los viejos pinos y, al llegar arriba, acarició la que iba a ser su nueva casa.

Cada vez acudían más vecinos a verle. Incluso compañeros del colegio que siempre le habían considerado un bicho raro se rendían a su habilidad. Había aprendido a sostenerse sobre una pierna, a dar pequeños saltitos, a leer en voz alta fragmentos de algún libro, a recitar poesía mientras caminaba. Su padre instaló, ayudado de unas poleas, una especie de ascensor para hacerle llegar los alimentos. Todos los fines de semana comía y cenaba en las alturas, en ocasiones utilizaba una rama que sobresalía de uno de los árboles para descansar y comer a gusto.

Don Agustín era su más fiel espectador. Resultaba gracioso observar cómo compartían confidencias, uno mirando hacia arriba hasta casi la tortícolis y el otro mirando al frente para no caerse de su reino. Además, tenían que elevar el tono de voz para escucharse, por lo que la conversación siempre tenía algo de pública.

A esa altura llegaban los problemas de un mundo que se desmoronaba a sus pies. Escuchó cómo a su padre le habían despedido de la mina de carbón en la que cada día se dejaba la salud. Después de enterrar allí su juventud le pagaban de esa manera. Cuando soplaba un poco, el viento transportaba el sonido del llanto de su madre, un llanto de desesperación, de rabia y, sobre todo, de frustración. Eran lágrimas de alguien que siente que le han robado los sueños de su adolescencia.

Con el transcurso del tiempo llegaría a pensar que su afición por estar en lo alto nació por ver cómo ese hombre volvía cada día de debajo de la tierra, tiznado de mineral, con un aspecto avejentado instalándose de forma veloz en su cara. De niño siempre pensó que su padre no tenía cumpleaños, sino cumpledosaños o cumpletresaños, porque los padres de sus compañeros parecían mucho mas jóvenes que el suyo. Era la tierra la que estaba devorando a ese hombre, probablemente por eso él decidió exiliarse de ella.

El aire y don Agustín hacían de intermediarios con la realidad: lo que no le llegaba por boca de su viejo amigo, que intentaba contarle sólo lo imprescindible, llegaba por lo que él denominaba «palabras voladoras».

Cada vez era más la gente del pueblo que, ante la falta de otro entretenimiento, se acercaba a ver al muchacho. Hasta tal punto llegó la cosa que una emisora de televisión se interesó por el tema. Apareció un periodista acompañado de un camarógrafo y un sonidista y le hicieron una entrevista. Fue un episodio muy gracioso: primero, la pértiga que tenía el sonidista para colocar el micrófono era demasiado pequeña, así que tuvo que hacer un empalme con el palo de una fregona que le dejó su madre. Pero lo mejor, con todo, fue cuando al periodista se le ocurrió hacer la presentación del reportaje desde lo alto, subido a la cuerda. Trepó como pudo e intentó ponerse de pie. Con una mano apoyada en el árbol, hizo la presentación, pero en un alarde de valentía dijo que lo auténtico, lo original, era hacerla atravesando la cuerda. Los técnicos y el propio Víctor intentaron disuadirle. La caída no sería grave, pero podía romperse algo. No hubo manera de convencerle.

—¿Qué razón lleva a un niño de doce años a pasar horas encima de un alambre? —empezó preguntándose con voz impostada el intrépido reportero—. ¿Que raaazón puede ca-ayya agsgdgasgasxaqws...? ¡Ahhhh!!

Y claro, pasó lo que pasó. Tuvo suerte o, depende de cómo se mire, mala suerte, porque no cayó al suelo, pero digamos que sus testículos no le están muy agradecidos. Con el alambre entre las piernas, el periodista dio por concluida la pieza, que así llaman ellos en el argot a un minuto y pico de televisión.

Debido a la efímera fama que da la televisión, Víctor cada vez tenía más público que iba a verle como el que va al zoo a echar cacahuetes a un mono. A los pies de uno de los árboles empezaban a dejar monedas, que no eran mal recibidas. De alguna manera estaba logrando convertir su locura en una especie de trabajo.

El problema llegó cuando apareció Simona: una niña rubia de pelo rizado encantadoramente repipi que se acababa de mudar al barrio y que le observaba durante horas desde la ventana de su casa. Un día, Simona se acercó a saludar a ese niño tan raro. Fue la única vez que Víctor se cayó: no pudo evitar mirar hacia abajo.

Los días sin colegio los pasaban allí, ella abajo y él arriba inventando nuevos números con los que sorprenderla. Simona leía en voz alta fragmentos de algún libro para pasar el rato: *La isla del tesoro, El mundo perdido, Viaje al centro de la tierra* o *Los tres mosqueteros*. No se podía negar el buen gusto de esa chiquilla que devoraba con sus enormes ojos almendrados cada palabra. Su voz, delicada, suave y con ciertos matices de madurez, era la mejor banda sonora imaginable. Entre piratas, locos aventureros y cardenales despiadados los días pasaban volando. Jugaban a escribir su propia historia, ella siempre decía que él era un conquistador del aire, un explorador dispuesto a flotar en universos que otros no eran capaces siquiera de ver.

Pero, aunque la distancia a veces puede con todo, los cuatro o cinco metros que les separaban hicieron replantearse su vida de vértigo. Ella admiraba ese atrevimiento, ese descaro, esa forma de ser tan diferente y extraña, pero no estaba dispuesta a subir a su mundo. En el fondo, quería una relación terrenal, donde pudieran darse besos de verdad cada vez que quisieran. Poco a poco, el alambre quedó como testigo de unos años locos, surrealistas, años que en ocasiones Víctor creía haber soñado. Don Agustín pasaba de vez en cuando con la esperanza de que aquel chaval hubiese recuperado la cordura y se hubiese subido de nuevo a conquistar el cielo.

Nadie sabía que muchas noches, a escondidas, Víctor volvía a acercarse a la luna, se quedaba arriba mirando un horizonte lleno de estrellas, intentando no perder ese don que poseía para mantenerse siempre, Simona mediante, en equilibrio. Nunca se acostumbró a pisar suelo firme, sus pies iban siempre buscando líneas rectas en las que mantener un equilibrio imaginario. En la calle era frecuente verle pasear, junto a Simona, yendo él sobre las juntas de las baldosas. No se sentía cómodo: la tierra era un terreno frágil del que podía caerse en cualquier instante.

Por eso, cuando su vida se torció, cuando el camino dejó de ser recto y se llenó de curvas y desequilibrios, cuando Simona le abandonó en la cuerda floja, cuando el pueblo, como todo el país, terminó por hundirse, decidió volver a su exilio.

Con los pocos ahorros que tenía compró un alambre grande, enorme y muy pesado, y una noche, con la ayuda de don Agustín, lo instaló entre la torre de la iglesia y la balconada del ayuntamiento, a una altura considerable. Y allí se quedó a vivir, escuchando los rumores de un mundo al que no quería pertenecer.

Vivencia

El final siempre era el mismo: desesperación, ganas de abandonar la tarea que tantas noches le había desvelado, que tantas horas le había robado a su rutina diaria. Pero siempre volvía al problema como el que regresa a un crucigrama vital para el que no tiene solución.

Se ponía frente a la pizarra, escribía la ecuación, daba dos pasos atrás y miraba con perspectiva. En alguna ocasión, y como si de un milagro matemático lingüístico se tratara, creía que se le aparecía la palabra, era como si las letras se desplazaran solas de izquierda a derecha y de derecha a izquierda hasta formar eso que todavía desconocía lo que era. Pero a los pocos segundos todo se desvanecía en el aire y regresaba al punto de partida. Lo más dificultoso del asunto siempre fue no saber exactamente lo que buscaba, no tener idea de la apariencia de la presa, de la cantidad de sílabas que poseía, de si tendría un hiato o un diptongo, no podía imaginar siquiera su sonoridad porque nadie jamás la había pronunciado.

VIVIR LA VIDA VIVIR INDIVIDUO

+

VIVERE VIDA OBJETIVIDADES

DEPONENTE COSAS

Cuando la derrota asomaba a su despacho y caía cansado en el sofá sólo le animaba pensar en la gran cantidad de hombres y mujeres que habían vivido muchos siglos antes que él y que se tuvieron que enfrentar cada día a lo que se enfrentaba él ahora. Tuvo que existir una primera persona que en un momento dado llamara «árbol» al «árbol», fuese en el idioma que fuese. Quizá de repente iba caminando por un jardín y levantó el brazo y le salió la palabra, pero, si en vez de «árbol» lo hubiese llamado «crosia», ahora mismo los bosques estarían llenos de «crosias».

Una vez que salía de ese periodo de ensoñación volvía a fijar la vista sobre el encerado, y a encontrarse con la fórmula. «Vida» procedía del verbo *'vivere'*, y en ese maldito verbo estaba la clave de lo que buscaba, sólo tenía que bucear por él, dejarse caer por los valles y depresiones de las uves, escalar hasta el punto de la i, hacer noche en ese lugar y preguntarse por qué a alguien se le había ocurrido poner ese ápice encima de una línea vertical y por qué alguien había bautizado la i como i y no como u o como o; es decir, la i podía ser u. De la posada de la i salía rápido antes de caer en la locura y volvía a descender plácidamente por la uve sintiendo el aire fresco que anunciaba la proximidad de la e. En la uve solía parar a almorzar y meditaba consciente de que el hecho de que existiesen dos uves en esa palabra no debía de ser algo casual, consciente de que la uve era el pasaporte para llegar al destino. Dejándose llevar en la e, la erre le daba pereza, no creía que tuviese la más mínima trascendencia ni que fuera a aportar nada. Estaba ahí porque tenía que estar, porque a alguien le haría falta para llegar a la última e, era un desierto en mitad del camino, un territorio que sólo podría entretenerle y hacerle perder el tiempo. Al llegar a la e final, el cansancio hacía mella, más todavía cuando el viaje había sido en balde y la solución seguía tan lejana como al principio: v-i-v-e-r-e.

Los días que se sentía animado hacía el camino inverso: empezaba por la e, corría en la erre, se sentía libre en la siguiente e, paraba a comer algo en la uve, escalaba la i y se dejaba ir en la última uve: *'ereviv'*.

Y nada, otra vez nada: volvía al punto de partida de vacío, con la frustración de no haber encontrado lo que buscaba.

La obsesión por el tema le llegó después de leer un texto en alemán, lengua que dominaba perfectamente y toparse con la palabra «*erlebnis*», que siempre se había traducido como 'vivir la vida' o 'vivir las cosas', una interpretación que siempre le pareció simple o vulgar para lo que en realidad significaba. «Vivir la vida» tenía que ser otra cosa y decirse de otra manera, en una sola palabra. Por eso la empresa era tan complicada, ¿cómo puede la gente llamar a ese conjunto de experiencias o cosas o recuerdos que van construyendo una vida?

Cuando se reunía con colegas y les contaba en lo que entretenía los tiempos muertos que le dejaba el trabajo, solían terminar manteniendo largos y a veces acalorados debates en torno a su búsqueda. Todos intentaban aportar sus ideas, incluso se animaban a proponer palabras, pero ninguna les hacía vibrar el corazón. Él sabía que, en el momento en que apareciera, una especie de escalofrío le recorrería el cuerpo, o que se le aceleraría el pulso, o algo parecido. Estaba seguro de que recibiría una señal.

Al volver a la pizarra seguía envidiando al primer hombre que había llamado al «cielo», «cielo» o al «suelo», «suelo». Siempre, en todo, ha habido alguien que lo hizo primero: alguien hizo un fuego primero, alguien empezó a leer el primero, alguien pintó por primera vez algo, alguien fue el primero de la historia en enamorarse, alguien bebió agua por primera vez. Esos razonamientos casi sin sentido tendían a distraerle más tiempo del necesario; horas podía estar pensando en aquellos que fueron los primeros en algo. Claro, la lista no tenía fin. ¿Quién habría sido el primero en comer, por ejemplo, una patata, o el primero en cocinarla, o el primero en pelarla, o el primero en...?

Los pioneros en hacer cosas, en realidad, lo que estaban haciendo era «vivir la vida», acumular experiencias. ¿Cómo hubiesen llamado ellos a eso que estaban haciendo? ¿Qué dirían ellos? Quizá alguno ya había pronunciado la palabra que a él todavía no se le había ocurrido. Alguien, en algún lugar del tiempo, la dijo y luego se olvidó, sepultada por los años o por otras palabras.

Decidió tomarse un descanso, hacer un paréntesis en esa febril búsqueda, dejarla aparcada durante un tiempo, intentando que madurara por sí sola. Quizá el alejamiento provocaría el alumbramiento. Pero al salir a pasear camino de la tertulia de todas las tardes, su cabeza se activaba al ver a la gente vivir. Lograba que su cuerpo se mantuviese alejado de la pizarra, pero al pensamiento era mucho más complicado ponerlo en barbecho. Muchas veces tenía que hacer grandes esfuerzos para escuchar a quien tenía al lado. Las palabras del otro se le escurrían antes de llegar a ser comprensibles. Al estar su cerebro ocupado en aquella misión, no dejaba entrar nuevas distracciones.

Pasados dos o tres días no pudo evitar la tentación de sentarse de nuevo en su sofá frente a aquella fórmula. Decidió viajar de nuevo a través de las vocales y consonantes, surcar las uves y las íes y disfrutar en la e. Pero esta vez iba a hacer el viaje pertrechado de algún entretenimiento o de alguna ayuda. Hacía un par de semanas que había comprado un diccionario de sufijación que quería estudiar en profundidad, así que empezó la peregrinación acompañado de unos cuantos amigos, como –os, –able, –ante, –ad, –ear, –ificar, –izar, –ecer, y de sus favoritos, los nominalizantes, porque eran los que podían dar nombre de verdad a las cosas. Con ellos se paraba a charlar cada vez que podía, a ese viaje fueron: –ancia, –encia, –anza, –ción, –sión, –ismo, –dad, –ada, –ería, –aje, –ez, –mento, –miento, –dura.

Escalando la i lo pasó peor que en otras ocasiones, le invadió una sensación extraña, esa que se siente cuando algo puede ocurrir, cuando se tiene el presentimiento de que un suceso está próximo. Decidió continuar. Al descender por la segunda uve, le entró mucho sueño y optó por parar para recuperar fuerzas.

De repente, sintió un golpe en el corazón, un vuelco, como si se le diese la vuelta y dejara de latir durante unos segundos. Cerró los ojos y lo vio. Estaba él en mitad de ese viaje, como hemos dicho, en la segunda uve de *'vivere'*, ¿y si se quedaba ahí?, ¿y si no seguía el viaje?, es más, ¿y si eliminaba a las siempre agradables es y a la insípida erre para siempre?, ¿y si se quedaba con «viv»? Entonces recordó un sufijo, uno de los nominalizantes, claro. Inquieto, comenzó a buscar ese que tanto le había llamado la atención y que podría sumarse a ese «viv» que había quedado huérfano de final. «Vivismo», no, no, no era ése. «Vivada». Tampoco. «Vivaje». ¿Dónde se habrá metido el maldito sufijo ese? Los repasó todos y, al pasar por uno de ellos, sintió la punzada que tanto había esperado: encajaba a la perfección, como si toda su existencia estuviesen esperándose el uno al otro. Y los vio aproximarse, buscarse.

VIV ENCIA
VIV ENCIA
VIV ENCIA
VIV ENCIA
VIV ENCIA
VIVENCIA

Y a partir de ese momento ya todo el mundo supo cómo llamar a eso que iba dando forma a su personalidad. Agotado, su último pensamiento fue que, a pesar de no existir hasta entonces, todo el mundo tenía «vivencias». Y llegó a la conclusión de que una palabra puede no haber sido inventada pero sí vivida.

Homenaje a Ortega y Gasset, inventor de esa maravillosa palabra sin la que sería imposible vivir.

Accidentes

EUSEBIO

Al darse cuenta de que no podía mover los pies le agarró el miedo. Su cerebro mandaba la orden, pero abajo nadie la recibía. Intentó estirarse y a pesar de que mentalmente lo conseguía, físicamente le resultaba imposible. No entendía qué le había podido pasar. Hacía cinco minutos estaba tranquilamente sentado en el sillón echando el último cigarrillo del día. El calor apretaba y sólo llevaba puestos unos calzoncillos y una camisa blanca de manga corta. Cuando decidió dar por concluido el día, se levantó y, camino de la habitación, sintió una punzada en la sien. Se llevó la mano a la cabeza y apretó todo lo fuerte que pudo intentando parar las palpitaciones que sentía justo al lado del ojo. De repente, la distancia al suelo se le hizo enorme, se le comenzó a nublar la vista, se apoyó en la pared y poco a poco fue cayendo hasta dar con el mentón sobre unas baldosas que sintió frías.

La pérdida de consciencia le sumió en un placentero sueño que le hizo revisitar los pocos lugares que había conocido en su vida. Volvió a Suiza, donde había emigrado junto con su hermano en busca de un futuro que se les moría, pastoreaba por los campos de los alrededores de la aldea a la que tuvo que regresar demasiado pronto y, sobre todo, volvía a pasear con Victoria, cogidos de la mano, por calles que no identificaba pero que estaban llenas de gente comiendo helados. Todo se le arremolinaba en el sueño: recuerdos desordenados, inconexos, como si durante muchos años no hubiese podido dormir con ellos.

Los ladridos de Héctor le sacaron del letargo. Lo había dejado atado a la verja de entrada la noche anterior, probablemente reclamaba su comida.

Con dificultades, abrió los ojos, la única parte de su cuerpo que obedecía a sus pensamientos. Al lograr enfocar la visión, comprobó que todo el paisaje que tenía era una pared blanca amarilleada por el paso del tiempo y el descuido. Intentó gritar, pero sus gritos eran mudos, inaudibles, sólo se escuchaban en el interior de su cerebro. Además, su casa, esa casa en la que siempre pensó que viviría con Victoria y sus futuros hijos, estaba demasiado alejada de cualquier posible auxiliador.

Hizo un repaso a las personas que podrían pasar por allí en los siguientes días y se dio cuenta de que nadie le debía una visita. Mucha gente ni siquiera sabía que estaba en el pueblo, o si lo sabía, no se había percatado. Llevaba más de tres años sin intercambiar una sola palabra con nadie. Desde la separación con Victoria, había entrado en una condena de silencio que fue alimentando con el paso de los meses. Le observaban como a un extraño, el típico hombre al que las madres no dejan acercarse a los niños y al que las mujeres miran con una mezcla de asco y pena. Su pacto con el silencio no fue premeditado ni llegó de golpe, se metió en su existencia poco a poco. Empezó por no decir nada salvo cuando de verdad fuera algo importante: eso ya redujo mucho su capacidad de diálogo. Después advirtió que convivía bien con el vacío y lo que empezó siendo una especie de experimento terminó como una forma de vida. El intercambio de palabras más largo que tenía era con su sobrino cuando le acompañaba por el campo con el rebaño, aunque llevaba ya dos años sin ir.

Por eso nadie le echaría de menos: porque para todos había dejado de existir.

Los sueños se convirtieron en el mejor refugio, en el lugar donde resguardarse de la pared blanca y el dolor. A través de ellos huía a pedazos de una vida que le hubiese gustado vivir. Una vida que sentía que le había traicionado, por la que se sentía traicionado. Echaba la vista atrás y no veía nada, nada que le hubiese hecho sentir pleno, colmado, preparado para marcharse. Estaba ahí, tirado en el pasillo de una casa a medio hacer, casi desnudo, ofreciendo un espectáculo bochornoso a quien lo descubriera. Siempre había pensado que uno tiene que estar preparado por si la muerte te da un zarpazo sin avisar y alguien imprevisto te encuentra. No es lo mismo un cadáver bien vestido que uno semidesnudo al que por el tiempo que pasará hallarán rodeado de orines y otros excrementos que su nariz ya adivina.

Al entrar en la casa lo primero que hará el descubridor será taparse la cara con un pañuelo, quizá incluso sienta ganas de vomitar, y eso será lo que se comentará en el pueblo: que encontraron al raro de Eusebio medio podrido, rodeado de mierda. Y ése será el epitafio de una vida perdida, malgastada; una vida que no sirvió para nada, una vida en la que no dejará huella alguna.

Su ojo derecho, el más cercano al suelo, empezó a fallarle, quizá la presión a la que estaba siendo sometido estaba cortando el chorro de visión. La sed no le dejaba pensar, tenía la boca tan seca que a veces sacaba la lengua buscando el frío del suelo tratando de engañar al cerebro. Ya no hacía intentos por mover los pies, no le quedaban fuerzas siquiera para concentrarse en ello.

Debían de haber pasado cinco o seis días cuando escuchó voces de gente en la verja de entrada: consolaban a Héctor diciéndole lo mala persona que era su dueño por irse de viaje y dejarle atado. Imaginó que lo soltaron y se lo llevaron, porque nunca más volvió a escuchar ladridos. De ahí en adelante fue todo silencio, sólo su respiración y el aire acariciando el tejado. Inmóvil, sediento, hambriento, supo que el final estaba cerca, que nadie llamaría a su puerta. Volvió a pasear por calles pobladas comiendo helado con Victoria, los dos cogidos de la mano.

La osamenta de Eusebio yacía en el pasillo del suelo de su casa, boca abajo, con un brazo estirado y la cabeza girada de lado mirando hacia ningún sitio. El esqueleto vestido con una camisa y en ropa interior lo encontró su sobrino después de forzar la ventana del baño y colarse en la casa.

A Pedro siempre le había intrigado saber qué había pasado con él. Se llevaban muy bien, salían a cazar juntos y le había enseñado a montar en bicicleta. Todo había sido normal hasta que un día su tío dejó de hablar. Preguntó en muchas ocasiones a su madre, incluso viajó hasta un pueblo vecino para visitar a Victoria e intentar conseguir algún dato. Pero nadie supo nunca darle una respuesta. Lo que menos le encajaba de la desaparición era que su tío hubiese dejado atado a Héctor, el único ser vivo con el que se comunicaba los últimos años, el único que parecía entenderle, y tampoco alcanzaba a comprender que nadie fuese capaz de decir cuándo había sido la última vez que se lo había cruzado. Se le ocurrió asaltar la casa después de escuchar en el bar a dos hombres hablando de la historia de un viejo al que habían encontrado en su casa que llevaba tres años muerto.

Después del macabro hallazgo ningún vecino pudo explicar a las autoridades cuándo había sido la última vez que le habían visto. Unos afirmaban que en unas fiestas del pueblo, otros estaban seguros de haberlo visto de lejos pastoreando, incluso había quien juraba que se lo habían cruzado hacía menos de un mes por la plaza nueva. Así era él, nunca sabías si venía o ya se había ido. Todos le llamaban el Solitario, aunque antes de ser el Solitario se le conocía como el Pompón.

El Pompón había nacido en ese pequeño pueblo de Zamora casi por casualidad. Su padre, trashumante de ganado, había caído enfermo mientras viajaba con su madre camino del norte en busca de lugares más verdes. Una familia de cultivadores de textiles los acogió y, pasados los tres meses de fiebres, decidieron establecer allí una residencia más o menos fija. Eusebio llegaría un año después, y poco más tarde Martín. Ninguno fue a la escuela, desde muy pequeños ayudaban a su padre con el rebaño. Tres meses al año le acompañaban buscando los pastos de invernada. Viajaban hacia el sur al olor de temperaturas más suaves donde permanecer hasta que los campos empezaran a amarillear. Luego volvían al pueblo, cerca de la montaña. Al morir su padre, Eusebio tuvo que hacerse cargo del rebaño y empezó una vida solitaria yendo de norte a sur y de sur a norte siempre al capricho de los animales. No tenía contacto directo con nadie del pueblo, salvo con un hijo de Martín que le acompañaba algún día en las labores de pastoreo. Casi por casualidad conoció a Victoria, la hija del médico, con la que empezó a alternar durante meses. Se casaron, pero la continua ausencia de Eusebio hizo que el matrimonio se rompiera pronto. Decidió construirse una pequeña casa en las afueras del pueblo, un lugar donde no se cruzara con ella, el mismo lugar donde ahora yacía.

Muchas veces se había planteado qué se sentiría justo antes de morir. Ahora lo estaba experimentando. Al no tener dolor alguno, la sensación era de extrema tranquilidad, incluso de felicidad: se apagan poco a poco las luces, los pensamientos se van relajando, mezclando, bajando su volumen, las formas que recuerdas se empiezan a difuminar, aparecen borrosas, no luchas por intentar revertir esa situación, te dejas llevar consciente de que no hay marcha atrás. No se cruza toda la vida por la cabeza. Sólo se ve a sí mismo sentado sobre una piedra en la falda de una montaña hablando con su padre. Es raro, porque jamás habló mucho con él, nunca tuvo una conversación fluida que fuera más allá de la superficialidad, pero ahí estaban. De repente, vuelve a pasear con ella, y otra vez las calles y la gente sonriendo lentamente, mascando cada movimiento de sus labios, y otra vez los helados. Vuelve a mirar el paisaje que le ha acompañado los últimos quizá quince o veinte días, y piensa que tendría que haber vuelto a pintar la pared. Se le cierra el ojo izquierdo, el suelo sigue frío.

En la casa encontraron tres billetes de mil pesetas y calderilla, monedas de cinco y veinte duros, así que todo hizo pensar que Eusebio murió antes de la llegada del euro. Al lado del sillón, tirado en el suelo, vieron un periódico. Era del 23 de junio de 1992. Habían pasado veinte años.

Helado

El despertar de aquel día fue diferente. Al abrir los ojos y mirar a través del cristal no vio el paisaje al que estaba acostumbrado: dos grandes sauces cuyas ramas le servían de improvisado tendal cuando salía el sol, que iluminaba pero calentaba poco. Esos sauces habían sido una de las razones para instalarse en ese rincón perdido de los mapas de carretera, alejado de cualquier lugar de tránsito. Un sitio en el que sería muy difícil que le localizaran, pero lo suficientemente cercano a una gasolinera en la que poder comprar algún alimento.

La decisión de desaparecer durante una temporada la había tomado tres semanas antes. La vida estaba torcida, o se le había torcido. En un par de meses tuvo que declararse en quiebra económica y emocional, y las dos parecían imposibles de rescatar. Su negocio había sufrido los vaivenes del mercado y ahora se encontraba con una deuda imposible de saldar. Su novia, que estaba cerca de convertirse en su mujer, le abandonó justo en el peor momento. Aunque nunca es buen momento para que alguien salga de tu rutina sin casi avisar, sin que lo esperes, sin mandarte un preaviso de ruptura que vaya mentalizándote. Siempre creyó que conviene mandar señales antes de dar el paso, ir advirtiendo al otro de que la batería se agota y que suenen un par de pitidos de esos que alertan de que se ponga a cargar el aparato aunque se haya perdido el cargador, un algo. Lo suyo fue sin anestesia, extracción en frío, te sacan el amor y, de repente, te duele todo. Tuvo que acostumbrarse a no despertar con ella al lado, a no besarla antes de quedarse dormido con un libro entre las manos, a no desayunar juntos viendo las noticias de la mañana, que casi siempre eran las mismas que la noche anterior; tuvo que acostumbrarse a convivir con su presencia ausente en todos los rincones de una casa que ya tenía su olor inoculado en las paredes. Olía a ella al tumbarse en el sofá y apoyar la cabeza en los cojines, al abrir el armario del baño, el vestidor desnudo de su ropa pero no de su aroma. Todo le remitía a su no presencia.

Una mañana tocaron al timbre. Salió disparado de la cama al baño para lavarse la cara de insomnio pensando que quizá se había arrepentido y volvía a decirle que todo fue un mal sueño. En el rellano, un empleado de correos. Hacía al menos cuatro años que no recibía carta de nadie, el único que podía escribir era su padre, pero dejaron de dirigirse las pocas palabras que se dirigían tras una terrible pelea, después de que éste no fuera ni siquiera al entierro de su madre, a la que había abandonado una década antes.

No era una carta de su padre, era un aviso del juzgado reclamando que se presentara pasada una semana para responder por la deuda contraída con el suministrador de yogur. Todavía no es capaz de explicarse cómo fue capaz de dejarse convencer para invertir los pocos ahorros que tenía en una tienda de yogures helados en un lugar que vive la mayor parte del año con temperaturas bajo cero y donde la primavera es una estación que sólo sale en los libros de texto. Le convencieron asegurándole que ser el primero le haría golpear dos veces, que no eran yogures al uso, que el frío se digiere mejor con el frío y tonterías de ese estilo que son capaces de convencer a alguien que no tiene perspectiva de futuro y que no sabe dónde invertir unos cuantos euros que le dejó mamá. El día que abrió la tienda no fueron por allí ni las amigas de Lisa. Estuvo solo, bajo esa luz fluorescente, verde chillón, que la franquicia obligaba a instalar, rodeado de *toppings* con los que combinarlos, desde frutas del bosque naturales hasta sandía, pasando por lacasitos machacados o menta triturada en cachitos de hoja. «Un festival de sabores», rezaba la publicidad que él mismo repartió por todos los rincones de una ciudad congelada. Nadie, no entraba nadie, se vio a sí mismo desde fuera como un cuadro de Hopper, pero reinterpretado por Andy Warhol, la soledad *kitsch,* la soledad multicolor.

Y ahí estaba, con la notificación judicial en la mano, en la puerta de entrada de una casa que no era suya y por la que debía tres meses de alquiler. Dejó arrastrar la espalda por la pared y poco a poco fue cayendo hasta quedar sentado en el suelo. Empezó a llorar porque nada, nunca, le había salido bien.

No veía los sauces. El interior del coche permanecía totalmente oscuro, aunque el reloj del salpicadero indicaba que debía de haber amanecido. Intentó abrir la puerta, pero estaba totalmente bloqueada. Arrancó y, al pisar el acelerador, el viejo 4x4 de vigesimocuarta mano se quedó totalmente clavado. Dejó pasar unos minutos antes de encender la radio: hablaban de una de las mayores nevadas que se recordaban en la zona. Entonces entendió que probablemente se encontraba sepultado. Sería cuestión de esperar a que la nieve se derritiera, a pesar de que no era época para que el termómetro subiera mucho. Al bajar un poco la ventanilla entró nieve de fuera. Cerró inmediatamente, hizo un inventario rápido de sus existencias y comprobó que, salvo unos pocos *toppings* esparcidos por la tapicería, no tenía nada que echarse a la boca. Además, el frío empezaría a ser considerable en cuanto se quedara sin combustible, algo que sucedería en menos de un par de horas. No tener ni blanca hace que tu coche sea como la vida: siempre vas en la reserva.

A pesar de llevar poco tiempo sepultado, sabía que la situación no era muy optimista. Lógico, tratándose de él, nadie iba a salir a buscarle, porque nadie le iba a echar de menos, ni su padre, ni Lisa, ni siquiera el juzgado se molestaría. Él, que había decidido desaparecer del mundo una temporada, estaba a punto de llevar hasta las últimas consecuencias ese plan.

Una de sus primeras decisiones fue quitar el contacto del coche, lo encendería sólo cuando empezara a sentir frío de verdad. Desde entonces, mirar el indicador de combustible se convirtió en su pasatiempo preferido: cada vez que giraba la llave, la aguja subía hasta la primera raya de las ocho a las que podía escalar. Descubrió cómo el ser humano es capaz de apreciar movimientos tan pequeños: cualquier mínima oscilación de esa aguja era registrada por sus ojos. Pensó en cómo nunca había podido advertir el cambio de hora en las manijas de un reloj, como si se movieran siempre en la clandestinidad, intentando no ser cazadas por el ojo para no desvelar su secreto. Después de pasar horas mirando su reloj, comprobó que el movimiento no era un movimiento seco y repentino, sino constante, cada minuto se movían un micromilímetro, si existía esa medida, un recorrido tan pequeño que era lo más cercano a la nada que podía imaginar. Se vio a sí mismo como la aguja del indicador de gasolina o la manija del reloj, como un tipo que había avanzado tan despacio que era imposible que llegara a ningún sitio.

En el sexto día de encierro llegó el momento temido: el coche no arrancaba. Como cada diez minutos daba un fuerte golpe a la puerta que le devolvía un no por respuesta, volvió a bajar ligeramente la ventanilla y con el dedo arañó un poco de nieve que llevarse a la boca. Enderezó el asiento y pensó que lo mejor era trasladarse a la parte de atrás, tumbarse y esperar un final que parecía anunciado.

Comenzó a sentir cómo su cerebro entraba en un estado de semiinconsciencia, sus pensamientos se cruzaban, de repente, mezclaba una etapa de su vida con otra, una vivencia de la infancia con una pelea con su padre, un beso con Lisa con uno de su madre. Debían de haber transcurrido ya un par de semanas y el único movimiento que había hecho durante todo ese tiempo era el de levantar el brazo, abrir una rendija de la ventanilla y comer un cachito de nieve, una operación que cada vez le costaba más llevar a cabo.

Le entró mucho miedo cuando, en un momento de lucidez, se dio cuenta de que el ritmo de su respiración era casi inexistente: inspiraba y espiraba quizá tres o cuatro veces por minuto. Eso debía significar que estaba más muerto que otra cosa. Siempre había estado seguro de que llega un momento en el que mucha gente enferma está más cerca de la muerte que de la vida. Lo explicaba muy gráficamente: la muerte a veinte metros y la vida a sesenta. Por eso muchos dicen que los dejen morir, resignados, porque miden las distancias y saben que el esfuerzo es menor yendo hacia el final.

Le sorprendió, sin embargo, sentirse relativamente bien. No le dolía nada, incluso podía llegar a decir que su estado era de bienestar general, algo que enseguida asoció a la cercanía de la muerte, otra de sus teorías. De pequeño siempre había oído hablar de cómo alguien que está muy grave experimenta una gran mejoría justo un día antes de morir. «La mejoría del muerto», la llamaba. Corroboró esa teoría con su abuela, desahuciada en la cama de un hospital, con respiración asistida y dolores que obligaban a mantenerla sedada, y cómo un día, antes de que los dejara, estaba sonriendo, e incluso logró balbucear alguna palabra. Es una mejoría canalla, traidora, porque si no te han hablado de ella insufla una dosis de esperanza en todos los que rodean al enfermo; en cambio, si la conoces, sabes que es una especie de oportunidad para despedirse y también para dejar a los vivos una última imagen nuestra digna. En él, esa mejoría era un desperdicio, una bala al aire.

En esos momentos de lucidez intentó explicarse a sí mismo cómo era posible no haber cagado ni meado en tantos días. Imaginó que, al no ingerir alimento ni prácticamente beber líquidos más allá de los pedazos de nieve, su cuerpo había cerrado el grifo o decidido no hacer esfuerzos innecesarios. Lo que sí pudo sentir es que su temperatura era muy baja, sentía la frente casi helada, y lo que le dio la pista definitiva sobre la proximidad del final fue comprobar que su corazón latía a un ritmo de dos o tres veces por minuto. Es imposible vivir de esa manera. Claro, que a lo mejor ya estaba muerto y es esto lo que se siente cuando todo se acaba. Quizá todo era producto de un sueño, de un mal sueño, y en cualquier momento despertaría en su cama. Poco a poco se le fueron apagando los ojos, cerrando los pensamientos. Empezó a abandonarse, a dejar de luchar. Ahí terminaba una vida malgastada, un vida que no había servido para nada, una vida desaprovechada. Una lágrima empezó a caer por su ojo, de forma automática sacó la lengua para relamerla, y ese sabor salado le recordó la única vez que se bañó en el mar, siendo un niño. Cerró los ojos.

—¡Hola! ¿Hay alguien ahí? ¡Hay un hombre dentro, te juro que me ha parecido ver a un hombre! —gritaron desde fuera.

—Rápido, ayúdame a sacar toda esa nieve. Dios mío, ¿cómo es posible que haya dentro alguien?

—¡Rápido, rápido!

—La puerta está atascada, voy a romper la ventanilla para abrir desde dentro.

—Hola, ¡despierte, despierte! ¡Está usted bien, está vivo!

—Este hombre está helado, tráeme una manta del coche.

—Hay que llevarle al hospital lo antes posible.

—¿Qué tiene encima?

—Son como trocitos de cacahuete y chocolate.

—Vamos, no hay que perder tiempo.

Al cabo de unos días, Peter logró mover la boca, su temperatura subió. Los médicos hablaban de milagro, de caso único, de un suceso inexplicable por el que se interesaron televisiones, radios y periódicos. Su cuerpo, como medida de protección, había entrado en estado de hibernación, explicó el doctor que llevaba el caso.

Después de una semana en el hospital empezaron a desfilar por su habitación, y por este orden: su exnovia acompañada de un chico bastante atractivo, alguien del juzgado recordándole que las deudas nunca se congelan, su casero y, por último, su padre.

Entonces fue cuando le preguntó al doctor si no podía regresar al estado de hibernación. Echaba de menos el coche, la ventanilla, la nieve, los *toppings*. La nada.

ESTRELLAS

Hacía demasiado calor para ser finales de mayo, pero el verano parecía querer adelantarse. Los primeros yates empezaban a tomar posiciones frente a la bahía. Aquí, hasta la playa tiene un precio, los grandes hoteles se la han repartido literalmente en pedazos privados de arena ocupados por toldos y pérgolas patrocinados por marcas comerciales. La gente anónima sólo puede divisar estos lujosos oasis desde el paseo marítimo y contentarse con las dos esquinitas de playa que han descartado los ricos. Así, mientras los clientes vips hacen apología del exceso, bebiendo y bailando todo el día, despreocupándose de todo tumbados en sillones de piel blanca a la orilla del mar, a pocos metros los mortales se hacinan en un trozo de playa pública devorando sus bocadillos caseros.

La primera vez que ella visitó la ciudad —con lo que pudo ahorrar durante todo el invierno—, sus baños fueron en la arena reservada a los pobres, soñando siempre con poder dar algún día el salto al otro lado de la valla.

Ahora, sin embargo, desde su ventana de la habitación del Hotel Carlton, envidiaba más a los del bocadillo que a los del *champagne*, a los que podían llevar una vida normal haciendo cosas normales. En ese instante alguien llamó a la puerta.

—¿Quién es?

—Señorita Andrea, venimos a traerle las joyas.

—Espere un momento.

Andrea se puso el batín de seda con las iniciales del hotel y abrió.

—Buenas tardes. Éste es el cofre, aquí tiene el collar y los pendientes. Y él es Mario. Se quedará con usted hasta que se marche y la acompañará a la alfombra roja y a la fiesta en la villa de la señora Brown. En cuanto usted regrese al hotel, subirá a la habitación y se llevará el cofre.

—De acuerdo. Así que Mario va a ser mi sombra...

—Eso es, señorita, ya sabe, normas de dirección.

—Lo entiendo, no todos los días lleva una trescientos mil euros colgados.

En cuanto salieron los dos hombres, Andrea se quedó mirando el brillo de las esmeraldas un buen rato. Debía ponerse en marcha enseguida para no romper el férreo protocolo del festival.

15.00 Peluquería.
16.30 Maquillaje.
18.15 Recogida.
18.30 En el coche camino del Palacio de Festivales.
18.45 Llegada a la alfombra roja.

Su vestido descansaba sobre la cama. Era de color rojo y al verlo derramado sobre las sábanas blancas le parecía una especie de huella de un crimen, un cadáver que se desangra, la silueta de alguna mujer misteriosa o el reflejo de lo que era ella ahora mismo. Su obligación era lucirlo, y mucho, y proclamar a los cuatro vientos de qué marca era para que la firma le siguiera prestando ropa. Descansando, estaban desnudos los zapatos de mil euros que tanto daño le hacían.

Su representante había peleado duramente para que pudiese estar allí esa noche; había peleado para que la invitaran, para que le dejaran las joyas, el vestido, los zapatos. Cuando tu carrera está en alza, no hace falta luchar, todos llaman a la puerta para vestirte e incluso perfumarte, se mueren por ser parte de ti. Pero no era el caso. Desfilar esa noche por la alfombra roja era quizá la última oportunidad para volver a encarrilar una carrera que se había ido apagando poco a poco, de forma progresiva. Las ofertas habían dejado de llegar y sus guiones cada vez tenían menos líneas. Incluso en su último trabajo ni siquiera tenía un diálogo, sólo aparecía enseñando el pecho en una película que veía el actor protagonista.

Lo suyo se parecía a una habitación que amanece rabiosa de luz y a la que poco a poco la sombra gana terreno. Eso era Andrea: una habitación en sombras, con apenas un rayo de luz, casi en penumbras, donde se cuela de vez en cuando, tímidamente, algún hilo de luz, como recordando el pasado luminoso que un día invadió la estancia.

En los últimos cuatro años no había protagonizado nada, y mucho menos una película. Habían pasado quince desde que dejó a todos con la boca abierta interpretando a una joven chica drogadicta en un papel que le sirvió para ganar un premio a la actriz revelación. En la fiesta que siguió a esa entrega de premios empezó su despegue. Por el contrario, la última en la que había estado había sido todo bien diferente: tenía órdenes de su representante de dejarse ver, de hablar con directores y guionistas, de demostrar que seguía existiendo. Y no es una exageración. Recuerda una conversación con un actor mayor con el que ya no contaba nadie que le dijo para lo que servían de verdad días como ése.

—Mira, guapa, ¿ves a la mitad de la gente de aquí? Pues ninguno tiene trabajo, ninguno tiene ni siquiera dinero para pagar el alquiler del traje que lleva.

—¿Y por qué vienen? —preguntó Andrea.

—Para que los productores y los directores sepan que no se han muerto. Yo vengo a eso: me doy un par de vueltas, saludo y a casa antes de que cierre el metro. Y si hay suerte, pues a lo mejor alguien está escribiendo una historia sobre viejos, o necesitan a un abuelo y dicen: «Coño, ¡si éste sigue vivo!». Y me sale un papelito.

—Pues que tenga usted mucha suerte.

—Gracias, maja.

En realidad, ella estaba casi para lo mismo, no tanto para demostrar que no había muerto, pero sí para refrescar la memoria de muchos.

La noche en la que ganó el premio, cuando todo el mundo quería hablar con ella y ofrecerle trabajo, conoció a Roberto Torres, el representante más poderoso del país, el hombre que parecía tener una varita mágica con la que podía hacer realidad todos los sueños. Hablaron y le hizo una oferta, le prometió Hollywood, y Andrea dijo «sí quiero» olvidando leer la letra pequeña, que prácticamente anulaba su personalidad. Ahora ponte esto, ahora lo otro, habla con fulano, éstas son las fiestas donde debes aparecer, ve al gimnasio, no salgas con este chico, no aceptes ninguna entrevista sin consultarlo, yo te filtro los guiones, posa para esta revista, acude a este estreno, di que lees este libro... y así hasta controlarlo todo.

Por supuesto, ahora en Cannes, Roberto no la acompañaba, Andrea había dejado de ser rentable hacía mucho tiempo y se mantenía en la agencia casi casi por lástima. Una sola foto en aquel estreno haría bueno el viaje.

A las seis y media estaba puntual en el *hall* del hotel, donde un miembro del personal del festival se encargó de ella y de Tomás, el chico al que Roberto había encargado la incómoda misión. Y de Mario, claro, que debía ir con ellos.

Dos minutos más tarde se montaron en el coche y empezaron a recorrer los escasos setecientos metros que separaban el hotel en el que Cary Grant se paseaba como un ladrón y el Palacio de Festivales. Un paseo repleto de gente que se asomaba a los coches esperando ver a otra que no era ella.

Durante el trayecto, con el embotellamiento que había, le dio tiempo a fijarse en un viejo tiovivo decorado con carteles de películas míticas. Volvió a acordarse de aquella primera vez en la ciudad y de cómo ella y su amiga Virginia tenían que comer en un banco unas fresas que vendía un hombre en un quiosco. El hombre seguía ahí, con la piel más arrugada y ennegrecida por el sol, vendiendo quién sabe si esos paquetitos a otras Andreas y otras Virginias que querían comerse el futuro como deseaba ella.

Tomás la sacó bruscamente de esos pensamientos.

—Andrea, recuerda, párate todo el tiempo que puedas en la zona central, intenta sonreír mucho, súbete un poco el vestido y enseña la pierna para que los fotógrafos griten y así los de seguridad no puedan decirte que te des prisa.

»Mira este pequeño plano: aquí, en este lado de la alfombra, está la cámara del festival, y aquí, las de las agencias internacionales. Tenlo en cuenta, porque, con suerte, si al encargado de editar las imágenes le gusta lo que haces o le pareces graciosa o espectacular, las incluye en sus envíos y probablemente lleguen a alguna cadena española.

—De acuerdo, pero ¿y si viene alguien de la organización y me pide que entre? —replicó Andrea.

—Haz que no le entiendes. Improvisa.

—Vale.

—Yo estaré detrás del director del festival, justo en la puerta de entrada.

El coche la deja en la boca de la alfombra, ahora es cuestión de dejarse engullir y actuar. Andrea se baja y empieza a saludar con la mano a un lado y a otro, mira hacia arriba como si conociese a la gente que, previo pago de tres mil euros el día, tiene un apartamento mirando al palacio. Los fanáticos de la primera fila que se pasan horas esperando pertrechados con sombrillas y escaleras la observan con indiferencia; un par de jóvenes le piden un autógrafo, pero antes le preguntan si es famosa. El sol todavía calienta. Le ruegan que vaya rápido a la alfombra. Comienza a desfilar, intenta recordar la posición de las agencias, y justo cuando va a subirse un poquito el vestido para adoptar una postura sensual, un tipo enorme le exhorta a que entre rápido. Ella finge no entender, pero entiende, entiende que detrás llega el equipo de una película con una exultante pareja protagonista, entiende que los gritos no son ninguno para ella, entiende que los gestos de los fotógrafos quieren decir que se aparte. Casi a empujones, sube las escaleras; el director del festival, que siempre espera allí, la ignora. Tomás mueve la cabeza contrariado.

Al llegar al hotel después de una fiesta en la que tampoco ha brillado, tiene un hambre atroz. Mario la acompaña a la habitación, le ayuda a quitarse el collar y mete las joyas en el cofre.

—Es usted la mujer más guapa que las ha llevado —dice antes de irse y cerrar la puerta.

Andrea sonríe y da las gracias, después se deja caer sobre la cama y empieza a llorar. Suena el móvil. Es Roberto, no quiere hablar con él, no quiere hablar con nadie. Abre la ventana, la música de las fiestas se entremezclan, los yates aparecen iluminados.

Sale de la habitación y baja a la playa, a la pública, a la normal. Se mete en el agua con el vestido rojo. Y se queda tumbada boca arriba mirando un cielo de estrellas en el que ella dejó de brillar hace tiempo.

Sin recuerdos

María perdió media vida un día de verano de hace ya veinte años. Le dijeron que era martes.

Caminaba tranquilamente por la calle mayor de su pueblo y, de repente, junto al banco donde de niña se sentaba con su madre, se le escaparon a borbotones los recuerdos. No supo qué sucedió. Cuando se despertó en el hospital, no reconocía a nadie, todos eran personajes anónimos que parecían sacados de alguna película de sobremesa. A los pies de la cama, una mujer con el pelo tintado de castaño y llena de arrugas no paraba de llorar y le daba besos en los mofletes. Se quedó observando cómo cada lágrima se colaba por esos pequeños surcos de la cara, de forma que caían de manera muy ordenada. Le hizo gracia. Un chico la miraba fijamente sin articular palabra, sólo la miraba desde el fondo de la habitación. Era alto, rubio, con media melena y con una piel que se notaba que había sido acariciada por el sol. Se sonrieron. La mujer seguía llorando, apretando, diciéndole que no se preocupara por nada, que se iba a poner bien, que ya había pasado lo peor. María no sabía qué era lo peor, por eso le costaba entender a la señora.

De repente, entró un médico, en el bolsillo de la bata blanca estaba cosido su nombre, Dr. Busillo. Le pidió a la mujer, Marisa la llamó, que dejara espacio. Puso su mano en la frente de María, comprobó las anotaciones que había escritas en una especie de carpesano que colgaba de uno de los extremos de la cama, sacó una especie de linterna de bolsillo y le pidió que siguiera la luz.

—Aparentemente, no existen daños neurológicos, las pruebas tampoco indican ninguna lesión. Sería recomendable que se quedara una semana más aquí antes de darle el alta. Hay que ver cómo evoluciona después de haber estado tres días en coma.

Vale, ahora María entendía algo: sufrió un accidente y se recupera en el hospital. Se miró el cuerpo, se tocó la cara y no encontró lesiones físicas de ningún tipo. Le preguntó a la mujer con arrugas lo que había sucedido y su nombre.

—Te desmayaste hace tres días. ¿No te acuerdas? En la calle mayor. Me diste un susto muy grande.

María se dio cuenta entonces de que había perdido la memoria. Imaginó que sería algo pasajero, producto de ese desmayo del que le hablaba la mujer. Esas cosas, había visto en las películas, no duraban mucho, cualquier chispazo encendía de nuevo la luz y todo se recolocaba en la cabeza. Era cuestión de esperar que alguien o algo apretara el interruptor.

Los días en el hospital fueron pasando. Se sucedían las visitas de supuestos familiares y no lograba identificar a nadie. La tía abuela Gertrudis le trajo unos cruasanes de la que decía que era su pastelería preferida. Su prima Inés le ponía canciones que juraba que la volvían loca y ella no lograba ni siquiera hilar una estrofa con otra. Su abuela Fidela le hablaba del regalo de cumpleaños que le debía.

Por las tardes, cuando llegaba la tranquilidad, ponía la televisión que colgaba de una pared y que sólo funcionaba previo pago de un euro la hora. Era muy extraño, reconocía a todos los que aparecían en pantalla, sabía cómo se llamaban, entendía perfectamente lo que contaban las noticias. Había perdido la memoria personal, no la pública. La realidad más lejana seguía ahí, como si nada hubiese pasado, como si todo fuese presente.

Después de contárselo al médico, éste les dijo que era un claro caso de amnesia retrógrada. Les explicó que es un tipo de amnesia que no borra los conocimientos generales, ni los aprendizajes automatizados, afecta solamente a los recuerdos personales. Es decir, te permite reconocer al presidente de tu país, pero no a tu madre. Te resetea la vida.

Al cabo de otra semana, el médico decidió que lo mejor era darle el alta, quizá un entorno más familiar ayudaría a la recuperación. Estar en casa podría servir para encender la dichosa chispa.

Se vio metida en un coche con Marisa y el chico rubio con piel caramelo que había ido todos los días a verla. Obviamente, debía de ser su novio, pero era incapaz de reproducir siquiera un instante vivido a su lado. Le enseñó fotos de viajes, playas de fina arena y agua azul transparente. Se vio a sí misma intentando enderezar la Torre de Pisa y sosteniendo sobre la palma de su mano la Torre Eiffel. Como siempre, reconocía los lugares perfectamente, pero no que hubiera estado en ellos. Eso era un contratiempo importante: debía de haber viajado mucho, pero, al no recordarlo, era como si no hubiese estado. Si la memoria nunca regresaba, tendría que revisitar todos esos sitios.

El coche se paró para que Iván se bajara, se despidieron con un hasta pronto que podría ser esa misma tarde o nunca y vio cómo su silueta se perdía calle abajo.

Subieron las escaleras y su madre la acompañó hasta una habitación.

Pasó el resto del día durmiendo, o intentando dormir. Su mente estaba vacía, en blanco. Pensó cómo serían los sueños de alguien que no tiene una base de recuerdos amplia para conformarlos. Sus sueños, como mucho, estarían relacionados únicamente con el tiempo vivido en el hospital. Cuando uno se va a la cama preocupado, esa preocupación la conforman momentos que han sucedido, algo que te ha pasado, pero como a ella no le había ocurrido nada, pues se encontraba absolutamente vacía. Le dio miedo la perspectiva de tener que empezar a vivir ese día, de tener que reconstruir lo que fue para seguir siendo. Se preguntaba si sería buena persona, amable, simpática, una buena hija. O quizá era una de esas chicas insoportables que hacen sufrir a los que están a su alrededor. Lo único que sabía de momento era que tenía buen gusto con los chicos, al menos si se confirmaba lo de Iván. Se levantó a observar las fotografías clavadas en un tablón de corcho que colgaba en la pared. Dos horas estuvo analizando cada detalle, cada rostro, y nada. Vacío.

Un rayo de luz que entraba por la ventana la arrancó del sueño, empezaba el resto de su, por ahora, nueva vida. Salió de la habitación y se cruzó con la mujer que decía ser su madre.

—Hola, hija, ¿cómo estás? ¿Te sientes mejor? ¿Has dormido bien? He preparado tu desayuno preferido, lo tienes en la cocina. Quizá luego te apetezca salir a dar un paseo por el barrio, podemos ir a ver a Iván a su casa, seguro que le gustará verte.

Ni siquiera ese hola me resultaba familiar. Al mirar a la cara a aquella mujer, comprobé que debía de haber estado llorando toda la noche. Me daba pena, debe de ser terrible, en el caso de que sea cierto, que una hija no te reconozca. ¿Iván? No me desagradaba la idea.

Cuando escuchó el agua de la ducha caer, Marisa llamó a Laura. Había regresado al pueblo después de quince días de vacaciones, pero estaba al tanto de todo. Laura era la mejor amiga de María, la que conocía todos sus secretos, con la que más tiempo pasaba. Podían tirarse horas y horas metidas en la habitación hablando de chicos, de música o planificando viajes. Planearon un encuentro casual.

Mientras, en la ducha, María dejaba caer el agua por su cara, por su pelo, por todo su cuerpo, y empezó a pensar si seguiría siendo virgen o si se habría acostado alguna vez con Iván.

Mientras paseaban por la calle mayor, María estuvo a punto de preguntar por su padre —quizá había muerto o las había abandonado—, pero decidió que era demasiado pronto para abordar un tema tan delicado. Mejor que las cosas fueran llegando de forma natural. Marisa la tenía cogida del brazo, le hablaba de cientos de cosas a la vez, que si de esta tienda te gustaba mucho la ropa, que aquí sueles quedar a tomar café con las amigas. De repente, un pequeño empujón hizo que se le cayera el bolso. Una chica les pidió perdón y saludó a su madre con efusividad.

—¡Marisa! ¿Cómo va la vida? ¿Dando un paseíto, verdad? Y qué bien acompañada te veo. Hay que ver el buen tiempo que hace, fíjate, en pleno invierno y sin abrigo. Y ésta es María, ¿verdad? Hola, María, soy Laura, v-o-y a t-u c-l-a-s-e. O-y-e q-u-é t-e p-a-r-e-c-e s-i e-s-t-a t-a-r-d-e v-o-y a t-u c-a-s-a a t-o-m-a-r u-n c-a-f-é, y c-h-a-r-l-a-m-o-s u-n r-a-t-o...

¿Por qué gritará tanto esta chica? La veo gritar y me dan ganas de reír. Obviamente, es amiga mía, más que nada porque la he visto en casi todas las fotos que tengo en la habitación. Y ahora me habla como si estuviese sorda. Qué graciosa. Se ha cortado el pelo, pero es ella. Debe de ser Laura, y ahora me habla como lento, es divertido, es como asistir a una obra de teatro. Dejaré que actúen.

Su supuesta mejor amiga, su supuesta madre y la suposición entera que era ella se despidieron hasta la tarde.

Siguieron caminando. Marisa la miraba intentando adivinar si Laura había provocado alguna reacción, pero no, el contador de recuerdos seguía a cero. Había un ambiente estupendo en la calle. Parejas de ancianos caminaban a paso lento cogidos del brazo, los niños correteaban arriba y abajo gritando sin molestar, las tiendas estaban abarrotadas. Se detuvieron delante de una. Marisa le dijo que en esa trabajaba su tía y que podían entrar a saludarla y comprarse un caprichito. Era una tienda de complementos, bolsos, zapatos, cinturones, fulares. Las clientas empezaron a saludarlas, algunas le daban besos. Las de mayor edad le cogían de la mano o le acariciaban el pelo. Todas tenían o ponían cara de pena disimulada, parecía que también estaban contratadas por Marisa para actuar en el momento preciso. De repente, apareció su tía. Paula, le dijeron que se llamaba.

—Hola, pitufa. ¡Qué guapa estás! ¿Te has acordado de algo? Mira, te voy a enseñar cosas que me han llegado hoy y que te van a encantar. Este sombrero es ideal, además, te va de miedo con el abrigo que te regalé en Reyes. Y estos zapatos los va a llevar todo el mundo este año. No son nada caros y, además, te los regalo yo.

Qué maja es. Hola, no, de nada. Y además es directa, sin remilgos. Quiere saber lo que todo el mundo se pregunta cuando nos dice hola. ¿Yo he llevado sombreros? No puede ser que me gusten esos zapatos. ¡Pero cómo vestía yo! ¡Como una princesa! Voy a hacer como que me gustan, pero sólo un poco, que si no me los compra.

Salieron de la tienda y se sentaron en un banco que había enfrente. Paula observaba desde el escaparate creyendo que no la veían. Marisa miró a su hija y, cogiéndole la mano, le dijo que había sido en ese banco donde había perdido el conocimiento. En ese exacto lugar María dejo de ser María para convertirse en un ser sin pasado, al menos, pasado íntimo, que es el pasado que va dando forma a las personas.

Como era de esperar, no se acordó de nada a pesar de volver al lugar del crimen. Porque, de alguna manera, en ese banco habían asesinado sus viajes, sus conciertos, sus enfados, los besos dados y los no dados. Allí, de alguna manera, le mataron algo.

Nada cambió en los días que vinieron, ni en los que vendrían después de ésos. Todo transcurría con esa extraña normalidad que se produce al estar conociéndote a ti mismo y a los que te rodean a los veinticinco años de edad.

Con el paso del tiempo supo que era una chica alegre, muy simpática, afirmaban muchos. Una muchacha respondona, con genio cuando hacía falta, muy amiga de sus amigas, confesaban Laura y las demás. Ésos eran los momentos más surrealistas: cuando escuchaba a alguien hablar de ella. De ella antes de que fuera la nueva ella.

Con Iván la cosa funcionaba y no era fácil, porque el chico se tuvo que enamorar de ella otra vez. Pero también le gustó la nueva María. Le contaba cosas de cómo era antes, la forma diferente de besar. Es curioso, ahora besaba de otra manera, ni mejor ni peor, simplemente, de otra manera. Con él reescribió su ayer, pero ni rastro del chispazo del que hablaban los médicos.

Con su madre también hacía ejercicios tratando de exorcizar el pasado, pero nunca funcionaban. Más adelante supo que su padre las había abandonado antes de nacer ella. Se llamaba, o se llama, Arturo, y al enterarse del embarazo de Marisa le dijo que no quería saber nada, que en su casa no lo entenderían, que eran muy jóvenes. Así que todo lo pasó Marisa sola, con la ayuda de la abuela.

—A lo largo de estos meses —dijo Marisa—, te has cruzado con tu padre varias veces.

—¿Y por qué no me has dicho nada?

—No quería que te pudieras confundir. Antes de que te desmayaras, tampoco hablabas con él. Hace dos años, cuando también supiste que vivía en el pueblo, intentaste acercarte a él, pero no quiso escucharte. Te dijo que no eras su hija y que no tenía nada que decirte. Llegaste a casa llorando como nunca te había visto hacerlo, te faltaba la respiración, me partiste el alma, y no quiero que suceda otra vez. No lo voy a permitir. Nadie puede hacerle eso a mi niña.

—Mamá, gracias, no se cómo puedo devolverte todo lo que has hecho por mí porque no me acuerdo, pero me hago una idea. No sé quién fui exactamente, pero si soy alguien de ahora en adelante, será por ti. Además, algo bueno debía tener esto, y es que si me lo cruzo, ni me inmutaré.

Las dos se fundieron en un abrazo largo. De esos que encajan perfectamente, abrazos que sólo puede dar una madre, porque su hombro parece estar hecho de la medida exacta para tu cara. Las dos lloraban sin verse. Lloraban de alegría, lágrimas que salen de la emoción que produce un instante perfecto, unos segundos en los que la armonía es total, en los que el cuerpo se relaja y un cosquilleo recorre desde el pelo hasta la punta de los pies.

Llegado un momento, todos creyeron que no iba a recuperar la memoria. Los doctores no se lo explicaban, no había ningún daño neurológico y, por tanto, ningún impedimento para una vuelta completa a la normalidad. Pero aquella falta de recuerdos ya no era asfixiante. Al pasar los años, las nuevas vivencias iban ocupando el vacío que había sentido la primera noche al volver del hospital.

Iván y ella decidieron casarse y, como viaje de novios, ir al menos a dos o tres lugares en los que ya habían estado, para tacharlos de la lista. París y Londres fueron las ciudades elegidas. Tuvieron una niña, le pusieron de nombre Julieta.

Y un día, cuando ya había dejado de sentir la necesidad de recordar los primeros veinticinco años de su vida, fue a visitar a su tía abuela Piedad. Vivía en un edificio que tenía en los bajos una pastelería. Al entrar al portal, le golpeó el olor a maicena mezclado con azúcar y caramelo. El olor a horno haciendo subir algún bizcocho. A merengue, a hojaldre. Se quedó totalmente paralizada, se mareó, sintió que perdía el conocimiento, se apoyó en la barandilla de la escalera y todo se le apareció. Su padre, su madre, Laura, Iván, París, Londres, Roma, los besos, los abrazos, los enfados, los gritos, las lágrimas, los desvelos, el mar, la última fila del cine, el primer beso, la calle mayor, los veranos que se fueron... Todo se estaba recolocando, como si su cabeza fuera un enorme puzle en el que empezaban a encajar todas las piezas. Salió a la calle, respiró hasta llenar sus pulmones. Volvió a casa.

Iván le preguntó si estaba bien, si había pasado algo. Ella sólo respondió que tenían que volver a Roma.

Corazón

A Joaquín un día se le paró el corazón. No hubo aviso previo ni recibió una carta certificada notificándole la noticia: ocurrió de repente. Él supo que algo pasaba cuando comenzó a respirar con dificultad y a sentir que la sangre no recorría el camino habitual de un lado a otro de su cuerpo. Hacía tres o cuatro meses que le habían avisado de que eso podía suceder. Le dijeron que, llegado el momento, se sentara, cogiera el teléfono y llamara al hospital para activar el protocolo diseñado para corazones en paro.

Sentado en el sofá de su casa, aguantando los envites que le daba la vida con tan sólo treinta y siete años, marcó tranquilamente el número de emergencias.

—Hola... Soy Joaquín. Mi corazón no funciona. Me dijeron que llamara si me pasaba. Mi médico es el doctor Gómez.

—De acuerdo. Tenemos aquí su alerta, no se mueva, no haga ninguna clase de esfuerzo, intente respirar hondo y le mandamos enseguida una ambulancia.

Al cabo de quince minutos un grupo de enfermeros llegó a casa. Le tumbaron en una camilla, le pusieron oxígeno y una sonda y, atravesando la ciudad, le condujeron hasta el hospital. Medio adormecido, reconoció muchos lugares por los sonidos que la estridente sirena dejaba que se colaran. Pasaron por el colegio de Santa María Acogedora, donde se escuchaba a los niños corretear en el patio. Entre ellos seguro que estaba su sobrino, ajeno a que en ese momento su tío iba con el corazón detenido tumbado en una ambulancia.

Poco después reconoció a la Juana, la frutera de debajo de la casa de su madre, que ese día tenía de oferta las sandías y los melones. Y justo un minuto más tarde Mari decía que la suerte ese día terminaría en siete. El túnel de la calle América producía el mismo eco de siempre. Estaban a punto de llegar.

Con muchísima celeridad le llevaron a un quirófano, al menos eso escuchó él. No hacía falta ser muy listo para saber que le iban a operar de inmediato. Apareció el doctor Gómez, uno de sus ángeles de la guarda, el único que no le había desahuciado cuando le diagnosticaron un tumor maligno en el mismísimo corazón.

Gómez había estudiado una técnica que se había aplicado antes en Estados Unidos en corazones con un tumor como el suyo. Cuando enfermó, hacía tres años, todos los especialistas le recomendaron el trasplante, pero Gómez advirtió que las pastillas y medicinas que debería tomar para evitar que el nuevo corazón no fuera rechazado por su cuerpo sólo contribuirían a alimentar las células tumorales, así que, en este caso, la solución provocaría que renaciera el problema inicial y la ecuación se resolvería con la muerte del paciente.

A Joaquín siempre le había fascinado o aterrado aquello del rechazo: cómo un cuerpo puede repudiar un órgano vital. Se preguntaba los requisitos que debía cumplir, el currículo que debía presentar un corazón para ser aceptado por el resto de miembros. Imaginaba a los pulmones mirando de reojo al nuevo inquilino, al hígado y al páncreas refunfuñando sobre su color o su tamaño.

Ya le habían explicado cientos de veces que la clave estaba en la concordancia de tejidos y antígenos, que no sabía muy bien lo que significaba pero eran fundamentales. Cuando se barajó la opción del trasplante se documentó mucho sobre el tema y lo que más le inquietaba eran los plazos del posible rechazo. Se podía producir de forma inmediata. Te lo ponen, no gusta en tu interior y o lo sacan o mueres. Podía ser a los tres meses; es decir, todo parece que va estupendamente, empiezas a hacer vida normal, incluso retomas la actividad deportiva, y un día se acaba el idilio. La tercera vía era la de ir devorándote poco a poco, sin prisa pero sin pausa. Y como con todo establecía paralelismos, lo equiparó a una relación de pareja.

El rechazo instantáneo debía de ser algo así como una relación de una noche: dos se conocen en una discoteca, se besan, terminan en la cama del apartamento de alguno, pero, al despertar, abrir los ojos y ya sin los efectos del alcohol, uno de los dos amantes sale corriendo mientras termina de vestirse en el ascensor, casi espantado por lo que acaba de hacer o con quien lo acaba de hacer.

El segundo tipo de rechazo sería similar al que se produce en esas parejas que ves que no se separan ni para ir al baño, que todo lo hacen juntos, que se besan entre bocado y bocado de la comida, empalagosos hasta la mala educación y que hacen sentir raras a las parejas normales, que llegan a dudar y se preguntan por qué ellos no viven esa pasión constante, si no tendrán un problema por no hacer semejantes demostraciones públicas, pero de repente, pasado poco tiempo y después de una semana sin verlos, preguntas por los caníbales y te dicen que rompieron por falta de entendimiento o por agotar los besos demasiado temprano.

La tercera clase de rechazo le recordaba a esos matrimonios, un par de generaciones por encima, que se aguantan por aguantarse durante muchos años hasta que un día uno de los miembros, contra todo pronóstico, da un paso adelante y deja de aguantar.

La época en la que fue candidato al trasplante, de esos tres el que más le aterrorizaba era el rechazo a lo trimestral, el de la pareja efusiva a los que se les rompe el amor al poco tiempo. Tenía miedo de hacerse ilusiones y que un día todo se viniera abajo.

Esos miedos se pospusieron cuando el doctor Gómez entró en escena y después de hablarle de compatibilidades y de los famosos tejidos y antígenos le expuso la única solución posible para él: vivir sin corazón una temporada. La primera vez que escuchó esa teoría se le aceleró el órgano que estaba en juego. Gómez quería sacarle su corazón defectuoso e instalarle dos bombas: una que mandara sangre a los pulmones y otra que la mandara por la aorta. Si pasado un año el tumor no se había extendido, podría llevarse a cabo un trasplante.

Eso de ir sin corazón por la vida le dejó perplejo. Siempre había creído que el corazón era de esos órganos sin los que era imposible existir y, más allá de toda la literatura que se puede hacer en torno al caso, ¿cómo poder explicarlo de forma fría y seria a cualquier persona?

A su familia aquella técnica no le hacía mucha gracia. Le decían que era imposible que un hombre viviera sin el órgano más importante de todos, tildaron de loco a Gómez, incluso llegó un momento en que amenazaron con denunciarle si seguía metiendo ideas raras en la cabeza de Joaquín. Pero después de muchos estudios y de consultar a decenas de especialistas se dieron cuenta de que la solución era una locura, pero era la única locura posible. Así que ahí estaba, tumbado en la camilla del quirófano, dispuesto a dejar de ser un hombre con corazón.

—¿Cómo estamos, Joaquín? ¿Todo bien? No te pongas nervioso, ya sabes que no te vas a enterar de nada —dijo en tono tranquilizador el doctor Gómez.

—Estoy preparado, doctor. Sólo le pido una cosa.

—Dime... Lo que necesites —respondió.

—Hágale una foto a mi corazón para que pueda saber cómo era, y cuando sienta que no lo tengo, poder mirarlo, por favor.

—Eso está hecho. Ahora te vamos a dormir. Cuenta desde diez hasta uno y nos vemos dentro de unas siete u ocho horas —contestó el doctor.

—Diez, nueve, ocho, siiieeeteeee...

Nunca supo si sucedió o no sucedió, si fue producto de la anestesia, pero juraría que fue consciente del momento en el que le sacaron el corazón. Le invadió una especie de vacío, un instante de parón, de no ser dueño de su cuerpo. Dejó de sentir, no de sentir dolor o cansancio, sino de sentir sentimientos. Era muy extraño de explicar, pero es como si no tuviese conciencia emocional.

Las siete horas que le dijo el doctor se convirtieron en diecisiete días. Para no atemorizarle, se ahorró comentarle que iban a inducirle un coma con el fin de que la maquinaria se adaptara al ritmo de bombeo adecuado y su cuerpo también se acostumbrara a tornillos, tuercas y demás elementos extraños que se habían mudado a su interior.

Pasadas esas dos semanas, cuando le despertaron, se sintió estupendamente raro. Miró a ambos lados y comprobó que llevaba dos baterías en la cadera y que tenía una mochilita pegada a él en la cama. Su médico llegó de inmediato y le hizo un breve reconocimiento.

—Muy bien, Joaquín, todo ha salido estupendamente. Han pasado bastantes días desde la operación y podemos decir que las válvulas han caído bien en tu organismo. Mira, éstas son las dos baterías que alimentan a esas válvulas, duran entre diez y doce horas, y siempre tienen que estar cargadas, así que no te olvides, que esto no es como el teléfono móvil —dijo entre sonrisas el doctor Gómez.

—¿Y esta mochila? —preguntó Joaquín.

—Es el regulador, no debes preocuparte de nada, simplemente, llévalo colgado como un bolso. Te hemos puesto una velocidad de bombeo para cada válvula, suficiente para que puedas caminar de manera lenta y ser autónomo prácticamente para todo. Dentro de otras dos semanas te podrás marchar a casa. Y, según nuestros cálculos, deberás estar aproximadamente unos ocho o nueve meses así. En ese momento, podremos trasplantarte un corazón nuevo.

El primer día que llegó a su casa se sentó en el sofá donde un mes antes había esperado a la ambulancia. Le dijo a su familia que le dejaran solo. Quería acostumbrarse a hacer las cosas por sí mismo. Era verano y la ciudad permanecía callada, no se escuchaba nada. El silencio le sobresaltó, le aterró, descubrió que no podía ni siquiera oír su corazón. Se llevó el dedo medio y el índice a la muñeca, pero después de intentarlo un buen rato no encontró nada. Llamó al doctor. Se lo confirmó: no tenía pulso. Le invadió el miedo a no sentir miedo, los nervios de no ponerse nervioso, la angustia de no poder angustiarse. Llegó a la cama para intentar conciliar un sueño que le esquivaba, apoyó su oreja en la almohada y comprobó que no escuchaba su propio corazón retumbar en ella como siempre había pasado. Pensó en la de explicaciones que iba a tener que dar, en lo raro que sería ahora, por ejemplo, seguir intentando conquistar a África. ¿Cómo, en su situación, se podía ser romántico? ¿Cómo sabría si la situación era emocionante? Era evidente que aquello le iba a permitir ser más atrevido: no le iba a temblar el pulso a la hora de lanzar un beso o de ir más allá incluso. Sonrió al pensar que ahora iba a ver los partidos de fútbol también mucho más relajado. La desinhibición tenía sus ventajas, sólo debía ponerle límite, ser consciente de cuándo parar, de hasta dónde podía llegar. Entrenar un poco.

Imaginó que le invadía el temor que no podía sentir al recordar que esa situación duraría hasta finales de año y que luego se enfrentaría al trasplante. Volvió a repasar los tres supuestos.

Logró hacer una vida más o menos normal: iba a la compra, daba algún paseo, se sentaba a leer en el parque, rutina, bendita rutina.

Pasados dos meses le dijeron que podía ir a trabajar, con muchas prevenciones y cuidado, sin hacer grandes esfuerzos. Al llegar a la oficina todos le recibieron con una ovación, él, claro, no se emocionó. Su mesa se convirtió ese día en lugar de peregrinaje; en realidad, nadie, salvo Luis y Mateo, se habían interesado durante todo ese tiempo por su situación, pero aun así agradecía gentilmente las visitas.

Después de un par de horas dando explicaciones se levantó a hacer una fotocopia del parte de baja. Con una chaqueta disimulando las baterías y el regulador metido en una especie de riñonera —con lo que él había odiado las riñoneras—, caminó los aproximadamente veinte metros que le separaban de la copiadora.

Al levantar la cabeza vio al otro lado del pasillo a África, con la que jamás había intercambiado una sílaba. Ella le miró y dibujó en sus labios una sonrisa y un bienvenido que hizo que el corazón que no tenía se le saliera por la boca.

Mañana se lo contaría al doctor, ahora sólo quería disfrutar de ese momento todo lo que pudiese. Se tocó la muñeca, juraría que sentía alguna pulsación. Era imposible. Vio cómo África se perdía a lo lejos y pensó que si pudiera conquistarla, seguro que lo suyo sería el cuarto supuesto: ése en el que no hay rechazo, en el que las cosas terminan bien, en el que los pulmones saludan amablemente. Decidió que cuando tuviese corazón lo intentaría.

HOMENAJE

Al volver a leer el inicio del libro, le pareció el mejor inicio posible, el comienzo que le hubiese gustado escribir, las palabras perfectas, ordenadas de la manera correcta, las sílabas conjuntadas, los acentos en su sitio. Acarició con la yema de los dedos cada vocal y cada consonante, veintiocho palabras, ciento treinta y seis caracteres sin contar las dos comas que le hacían tomar pausa antes de seguir paladeando el tesoro. Pensó en el hombre que escribió ese arranque y lo imaginó sentado en su escritorio pariendo letras, empujando con vehemencia cada una de ellas para que saltaran al papel, y cómo después de tener esa primera frase se echaría para atrás y, satisfecho, sabría que lo demás llegaría solo, tirando del hilo de su imaginación, hilando una idea con otra consciente de que todo viene de ahí. Pensó en la felicidad que debe de dar poder levantarte de la mesa, hasta entonces convertida en una cárcel donde cumplir condena a tres párrafos sin fianza antes de poder lograr la condicional y, una vez obtenido el permiso, poder decirle a alguien que lea en voz alta el inicio de tu libro.

Le divertía fabular sobre las reacciones de los lectores, que quizá pasarían por alto esa primera construcción, o lo leerían en cualquier estación más pendientes de la hora de llegada del tren que de otra cosa. Pero también imaginaba al lector que abría el libro por primera vez, después de una dura jornada, que se reservaba ese espacio del día sólo para su deleite y que, sentado en su sillón favorito, bajo la luz de un flexo, echaba un vistazo a la solapa y, pasadas las dedicatorias, llegaba al principio, al lugar donde empieza todo.

También le habría gustado mirar por una rendija la reacción de los editores o las editoras de ese hombre, cómo se les transformaría el rostro después de susurrar esas palabras, leídas casi en la clandestinidad, sin poder compartirlas con quien le pregunta la razón de su sonrisa. Seguro que el editor o la editora suspiraría ante semejante abuso de talento inicial, o sufrirían porque después de aquello no pudiese llegar nada mejor, por haber tocado techo antes de iniciar el camino.

Su sueño era escribir un libro. Por supuesto, no aspiraba a que llegara a ser siquiera parecido al que tenía entre las manos, sólo quería plasmar algunos de sus pensamientos en una especie de diario casi casi póstumo. Desde que le dieron el diagnóstico, le obsesionaba no poder dejar por escrito algunas cosas que le rondaban en la cabeza. Era consciente de que si la enfermedad iba a más, terminaría por devorarle la conciencia, lo vivido, los recuerdos. Cuando tuvo los primeros síntomas, le dijeron que podría dejar de reconocer a las personas más cercanas, a sus seres más queridos. Empezaría a tener alucinaciones y delirios, y su capacidad para el entendimiento se vería afectada. Pero, de todos los efectos letales de la dolencia, los que más le preocupaban eran los relacionados con el lenguaje. Sería incapaz de comunicarse y, sobre todo, se vería muy afectada la comprensión lectora. ¿Cómo iba a sobrevivir sin sus libros, sin releer lo leído cientos de veces, sin los personajes que lo habían acompañado en las luces y en las sombras de una vida intensa? Y esa fase estaba a punto de llegar.

Por el momento, comprendía lo que leía, si bien a los pocos minutos todo se evaporaba, se esfumaba de su cerebro. Sin embargo, al no ser consciente de ese olvido, volvía a disfrutarlo como si fuera la primera vez.

Hacía grandes esfuerzos por retener palabras y luego ser capaz de reproducirlas en alguna conversación, pero siempre se le escapaban.

La primera vez que fue al médico y él pidió que fuera todo lo realista que fuese necesario le dijeron que sería la música el último refugio donde resguardarse de la tormenta. Las melodías se quedan en algún lugar del cerebro dispuestas a ayudar a revivir. Probablemente, por eso volvían a su encuentro las viejas serenatas que cantaba siendo un adolescente y que tanto le ayudaron a conquistar a su mujer. De esa visita al médico salió reconfortado: la música era, por encima de la literatura, el arte que más le emocionaba, sin ella no podía vivir, así que le pareció poético que también fuese su última compañera en los días de oscuridad.

Uno de sus retos durante muchos años había sido escribir un bolero, pero tuvo que desistir. Dio con el argumento varias veces, pero le resultaba imposible traducirlo en la rima y la métrica adecuadas. Ahora, cada vez que escuchaba uno, lloraba y siempre era como la primera vez aunque el disco estuviese rayado por el uso. Tanto le gustaba la música que antes de enfermar no podía escuchar nada mientras escribía porque su mente se iba con la palabra cantada dejando abandonada la palabra escrita. Eso sí, cada vez que se tomaba un descanso apretaba el botón del radiocasete para dejar que las canciones conquistaran su cuerpo.

Su mujer entra de vez en cuando en el despacho y si, como suele ser habitual, le ve sin hacer nada, se sienta a su lado a escuchar alguno de los temas que han recorrido sus biografías, porque las biografías se pueden escribir, pero también escuchar: uno puede retroceder en el tiempo a través de canciones que le llevan de viaje a un momento concreto de un tiempo que ya no volverá. Y ella, a la que tantas veces ha escrito, a la que tantas veces ha convertido en el centro de sus historias, apoya su cabeza sobre su compañero y los dos, sentados, dejan pasar las horas en silencio, él sin saber que, por ejemplo, durante una época, el concierto para piano número 3 de Béla Bartók no paraba de sonar entre esas mismas cuatro paredes y que sonó tanto que terminó por colarse de alguna manera en uno de los libros que él ahora no sabe que escribió.

El teléfono de la casa suena a menudo, unas tres o cuatro veces al día, siempre para lo mismo, siempre solicitando una entrevista, la entrevista imposible, la soñada, la que catapulte a un joven a la fama, la que consagre a un veterano. Los periodistas quieren ser los primeros en cualquier cosa, y cualquier cosa les vale. Los primeros en saber algo de su salud, los primeros en decir que ha muerto, los primeros en hablar con él después de años en los que no habla con ninguno. Pero siempre reciben la misma respuesta, cortés y definitiva, siempre se les dice que ahora mismo está ocupadísimo trabajando sin parar en su próximo libro y que no dispone de tiempo para nada, para nadie, para ninguno. Hubo una época en que contestaba amablemente las preguntas de quien le requiriera; sobre todo, por haber formado parte de ese gremio, haber compartido penurias y negativas. Pero un día decidió dejar de responder, guardar silencio. Todos esperaban de él respuestas geniales, diferentes, pero nadie le cambiaba las preguntas, que siempre se parecían unas a otras. Así que para estar a la altura decidió intentar cambiar las contestaciones y advirtió que más que periodismo lo que se publicaba era un nuevo género de ficción consistente en el mundo inventado por alguien real, y puso punto final a aquella no dramatización de la realidad. Además, su timidez y las supersticiones que siempre le acompañaban se lo hacían pasar mal cada vez que tenía que exponerse públicamente.

Desde que tuvo uso de razón fue un cuentista. En casa, no les leía a sus hijos, sino que les contaba cosas que hubiesen sucedido, hechos reales barnizados con imaginación. En cualquier reunión, las anécdotas que en boca de otros podían ser no más allá de tres o cuatro minutos de conversación banal se convertían en un espectáculo en el que iba mezclando elementos ficticios que se le iban ocurriendo sobre la marcha de tal manera que para describir, por ejemplo, a un vecino podía estar diez minutos. Daba importancia a cada matiz, a cada detalle, consciente de saber que no es lo mismo decir «una señora mayor gorda en la bañera» que «una abuela, desnuda y grande, que parece una hermosa ballena en la alberca de mármol». Luego, si pasados unos días repetía la anécdota o la historia, variaba el contenido, o añadía escenas, o mutilaba personajes que creía superfluos. Ésa era para él la esencia del cuento y el mejor cuento, siempre decía, el que moría al ser contado.

Ahora ya no recuerda ninguna anécdota, ningún cuento. Cuando se queda a solas, deambula por el despacho, camina de un lado para otro haciendo largas paradas enfrente de la librería, tomándose su tiempo para decidir con qué libro pasar los siguientes días mientras espera que le llegue la inspiración que le haga empezar a escribir.

Él no sabe que siempre ha escrito de lo vivido, de exprimir su memoria, de revisitar rincones y esquinas de su vida que le golpeaban sin previo aviso y provocaban una actividad febril que le tenía encerrado noche y día. No podía saber, mientras seguía caminando de un lado a otro de la habitación, que la soledad, esa que ahora sufre su cerebro, había sido siempre su mayor fuente de inspiración, el lugar al que siempre volvía, el ADN de su escritura.

Todo había empezado poniendo nombre a las cosas mientras paseaba de la mano de su abuelo y escuchaba a la abuela contar viejas leyendas de la comarca donde había crecido hablándole a los muertos. Más tarde, Kafka y *La metamorfosis* y su Gregorio Samsa, y sobre todo Sófocles y *Edipo rey* le convencieron de que lo suyo era narrar.

Se tumba en el sofá y vuelve a poner música, con el libro del comienzo perfecto todavía entre las manos, envidiando el talento del tipo con bigote que le mira desde la solapa. Vuelve a acariciar esas palabras, las relee, sabe que las cuatrocientas cincuenta páginas siguientes sucederán en el efímero instante que resta para que el pelotón de fusilamiento abra fuego. Veintiocho palabras, ciento treinta y seis letras, dos comas. Cierra los ojos y mientras el sonido del piano se va colando por cada orificio de su cuerpo se queda dormido, y en ese sueño recuerda, porque nadie ha demostrado que en los sueños no se pueda recordar, la vez en que le llevaron por primera vez a conocer el hielo.

Coincidencias

La carta

El señor Steve Moore era entonces el joven Steve. Habían pasado cincuenta y tres años, unos diecinueve mil cuatrocientos cuarenta días para ser exactos. No es gratuito decir los días, se entenderá de esta forma mejor la dimensión del hallazgo, pues el señor Moore abría todas las mañanas el buzón esperando que llegara la carta que, según sus cálculos, tendría que haber recibido el 24 de febrero de 1958.

El joven Steve estudiaba en la Universidad de Arizona. No sobresalía especialmente en nada: no jugaba bien al baloncesto pero lo practicaba, no era el mejor estudiante de su clase pero aprobaba, no tenía don de gentes pero había logrado integrarse en un grupo de chicos y chicas con los que de vez en cuando salía al cine, a la bolera o simplemente a sentarse en las escaleras situadas en la intersección de la Primera con Euclid Avenue. Podía pasarse tardes enteras tomando refrescos y charlando sobre música o béisbol. Los yanquis parecía que iban a volver a ganar el campeonato a pesar de que ya no lo hacían con tanta facilidad como antes. En las radios sonaban el *Rave on* de Buddy Holly y el *One night* de Elvis y todos aprovechaban para sacar a bailar a las damas.

Hacia la mitad de curso llegó una chica nueva a la universidad, Sarah Braun. Media altura, pelo largo moreno y grandes ojos negros en los que uno podía quedarse a vivir. Nada más verla, Steve se enamoró de ella. Él nunca consideró que fuera un flechazo, no creía en esas cosas; simplemente, era la mujer que llevaba esperando diecisiete años.

A Sarah le tocó sentarse dos filas por delante de él. Steve podía pasarse horas enteras mirando su nuca cuando ella se hacía una cola bien alta en el pelo. Tres lunares formaban casi un triángulo perfecto justo debajo del hueso del colodrillo. Junto a ellos, un pequeño remolino de pelo casi imperceptible, salvo que uno fuera un estudioso profesional, como era el caso. Muchas veces, Sarah hablaba con su compañera de mesa y entonces Steve radiografiaba rápidamente su perfil. Nariz ligeramente puntiaguda, tez blanca salpicada por otro lunar justo encima del labio, pestañas largas y negras, y los ya mencionados ojos que tanto le hipnotizaban.

Cuando llegaba a su cuarto del colegio mayor, podía prácticamente reproducir su perfil, y con ese perfil se besaba.

Un día, lo recuerda como si fuera hace cincuenta y tres años, ella llegó al bar en el que estaba reunido todo su grupo. Estaban tomando una limonada helada. Probablemente, aquél era uno de los días más calurosos que había vivido. Contaban que esa semana se alcanzarían los cuarenta y ocho grados. También se acuerda de que en la máquina de discos alguien puso *Stagger Lee*, de Lloyd Price, porque parecía que ella, más que moverse, se deslizaba al ritmo tranquilo de la canción. Se sentó en un taburete en la barra y pidió una soda. Steve dejó de escuchar a sus amigos y clavó su mirada en ella, apuró la limonada y decidió acercarse con la excusa de pedir otra. Le sudaban las manos, el corazón le latía tan fuerte que creía que se le iba a salir del pecho y un ojo empezó a temblarle en una especie de tic nervioso que no podía controlar. Al llegar a la barra le pidió a Sam otra limonada y, haciéndose el encontradizo, soltó un «hola». Ella tardó menos de tres o cuatro segundos en responder, pero él hubiera jurado que habían transcurrido minutos e incluso horas.

—Hola, ¿cómo estás? Soy Steve... Vamos a la misma clase...

—Eh... Hola. Yo soy Sarah. Ya sé que vamos a la misma clase, ya te conozco, bueno, ten en cuenta que tengo ojos en la nuca. —Y se rio.

Steve se ruborizó. En ese momento, además de sudarle las manos, tener la boca seca y el corazón latiéndole en la garganta, estaba rojo como un tomate.

—No te preocupes, te veo muchas veces por el rabillo del ojo. Cuando hablo con Mary, aprovecho para lanzar una breve mirada.

Steve se puso más rojo todavía y sin saber qué hacer ni qué decir pensó en soltar un simple «encantado de conocerte» e irse. Pero se le planteaba un problema: si Sarah era de las que daban la mano, iba a descubrir que las tenía empapadas y la sensación que se iba a llevar no era la aconsejable para una primera impresión. Así que trazó un plan.

—Sam, ponme otra limonada, por favor.

—No, no te preocupes, tengo la mía casi llena —dijo ella.

—No, perdona, es para Arthur.

Cuando Sam sirvió la otra limonada, Steve cogió una con cada mano y le dijo que encantado de haberla saludado. Ella se acercó y le dio un suave beso en la mejilla. También ese recorrido de unos cincuenta o sesenta centímetros que les separaban le parecieron una eternidad: vio su perfil aproximarse, el mismo con el que tantas veces se había besado ya, se acercaba su labio, su lunar, sus pestañas. Se acercaba todo y, justo en el mismo momento de producirse el contacto, a él se le cayó una de las limonadas. Ella volvió a reírse y él, entre disculpas, se sonrojó aún más.

Se despidieron hasta el día siguiente.

Aquella noche no pudo dejar de pensar en ella, seguía reproduciendo toda la conversación y analizando el beso.

Durante varias semanas, la situación siguió siendo la misma. Él, convertido en el mejor guardaespaldas de su nuca y ella, soltando de vez en cuando una mirada rápida y casi furtiva para ver si todo estaba en orden.

Un martes del mes de julio, Sam le pasó una nota. Era de ella. Estaba escrita con lápiz y decía: «¿Por qué no tomamos una limonada mi nuca, tú y yo esta tarde en el Stein?». Otra vez el sudor de manos y el corazón descontrolado. Al acabar las clases reunió el valor suficiente y le preguntó la hora a la que se verían. Quedaron a las siete y media.

Desde aquella tarde prácticamente no se separaron. Empezaron a sentarse juntos en clase. La nuca se sentía abandonada, pero, a cambio, el perfil ya no estaba huérfano. Se besaban siempre que podían, en cada esquina de la universidad, en el autobús, en el Stein, en las escaleras. Iban con el resto del grupo, pero siempre parecían solos. Durante un mes Steve no supo ni en qué día vivía, el tiempo se sucedía sin importarle nada, salvo que sonara el despertador para volver a verla.

Un día, Sarah estaba más seria de lo habitual. Al salir del campus le pidió que pasearan por el parque y le contó que se mudaba de ciudad, que dejaba la universidad: a su padre lo trasladaban a California. Hasta ese momento Steve no supo lo que era sentir que el mundo se acababa. Ella se acercó y con su mejilla buscó la suya. Se acariciaron, se besaron, y las lágrimas se mezclaron con la saliva dando a aquel beso un sabor salado que en realidad era amargo.

Sarah dijo que no tenía por qué cambiar nada: podrían escribirse todos los días y verse en vacaciones. Eso hasta que terminaran los estudios y después decidirían dónde vivir. Nada se iba a interponer entre ellos. «Sueños de adolescentes», pensaba ahora, «el primer amor siempre parece el último». Pero ¿cómo era posible que le hubiese marcado tanto?

Llegada la hora del adiós, o del hasta pronto, quedaron en el parque de siempre, en el lugar donde eran capaces de pasar tardes enteras abrazados el uno al otro. Ella le dijo que debía volver pronto a casa para terminar de ayudar a su madre a guardar las cosas. Se irían muy temprano. Volvieron a llorar, le besó la nuca, se la acarició como si esa parte del cuerpo necesitara una despedida especial, dedicada, minuciosa. Prometieron escribirse. En cuanto Sarah llegara a California le mandaría sus señas, antes del fin de semana ya tendría la primera carta en el buzón.

Al día siguiente hacía frío, o al menos sintió más frío que nunca. No podía creer que el despertador iba a sonar ya sin ningún sentido. No iba a verla por los pasillos de la universidad, ni al doblar cualquier rincón; no iba a encontrarla en las taquillas ni iban a intercambiarse sonrisas lejanas en la pista de baloncesto. El despertador marcaba de alguna manera también el inicio de una nueva vida.

Han pasado cincuenta y tres años. Desde entonces, Steve abre cada mañana el buzón de la casa que heredó de sus padres. Lo hace esperando que entre la propaganda y las facturas se cuelen unas letras que reconocería al instante. No ha pasado ni un solo día sin acordarse de ella, sin repetir en su mente cada palabra que se dijeron aquella tarde. ¿Qué pudo pasar? ¿Por qué no había recibido siquiera una explicación?

El 12 de julio de 2011 Steve cumplió con el ritual: cogió el periódico que estaba sobre el césped y abrió el buzón. Y en ese momento le empezaron a sudar las manos y a subir las pulsaciones. Era su letra, la misma que escribió aquella nota en clase. Era ella, y en el matasellos aparecía escrito «21 de febrero de 1958». Se apoyó en un árbol, se mareó, sintió que se ahogaba. Logró llegar a la cocina y beber agua. Sentado, abrió el sobre y leyó la carta:

Querido Steve:

Sólo llevo un día en California, pero es suficiente para saber que no me va a gustar. En realidad, creo que no me va a gustar ninguna ciudad en la que no estés tú. Te mando mi dirección para que me escribas todos los días. Necesito leerte y sentirte cerca. Te echo de menos tanto como siempre y te amo mil veces más.

Se despiden mi nuca y yo,

S.

Se acercó a la oficina de correos para pedir una explicación o, más bien, buscar algo que pudiera aclarar lo que había sucedido. Después de esperar un buen rato, una chica le dijo que en 1958 se había hecho una reordenación de los códigos postales en la ciudad y que se había producido tal caos que muchas cartas se quedaron esperando en las sacas.

Cruzó la calle y entró en la agencia de viajes. Compró un billete a Los Ángeles para el día siguiente. Cuando llegó, se dirigió al lugar del remite de la carta. Con suerte, igual también había heredado la casa y seguía viviendo allí. Llamó dos veces.

—Hola, buenas tardes, ¿qué desea? —dijo una señora.

—Hola, soy Steve, Steve Moore. Vengo a vigilar su nuca.

Magenta

Era un día importante para Caty, quizá el más importante de su vida. Bueno, sin quizá: era el más importante. Tenía treinta y dos años y hasta entonces no sabía cómo sonaba su propia voz. Para ella la palabra «voz» era una palabra vacía, sin significado, carente de cualquier importancia. Todos la asociamos inmediatamente a una forma de hablar o a una persona y, casi casi de manera inconsciente, le ponemos un apellido: ronca, aguda, nasal, fea, bonita, profunda, varonil, femenina, de fumador, aflautada, aniñada. Hay incluso quien en un alarde de imaginación o cursilería la asocia a colores.

Hacía tiempo, un chico que se llamaba Alfredo le dijo que su voz era color magenta. Al tal Alfredo le quedó muy poético el calificativo, pero a ella no le gustó llegar a casa e investigar sobre los significados de ese color y leer que es un color que no existe, un color inventado, un defecto con el que el cerebro de alguna manera camufla un error de percepción al coincidir las longitudes de luz del rojo y el lila. El magenta es un fallo, un hueco que rellenar; lo vemos, lo podemos tener delante, pero en realidad no está ahí. Caty pasó toda la tarde leyendo cosas sobre colores y, puestos a elegir, le hubiese gustado tener una voz azul, azul como el cielo, azul, que decían que era sinónimo de lealtad, confianza, fortaleza, experiencia e inteligencia. Ella sentía su voz así a pesar de que desde aquella tarde pasó a ser magenta. Quizá tenía más sentido, «un color que no existe para la voz de una sorda», pensó.

A pesar de haber aprendido a hablar después de mucho esfuerzo, Caty estaba acostumbrada a que su vida fuera muda. Su mente era como un aparato de televisión al que bajamos completamente el volumen, vemos la escena e interpretamos lo que sucede. Eso hacía ella cuando, por ejemplo, se sentaba en un banco de la plaza de enfrente de su casa a disfrutar del arte de la invención. Si la vista no le alcanzaba para poder leer los labios, inventaba historias sobre la gente. Siempre había utilizado la imaginación como consuelo, no le quedaba otra.

Caty no ha escuchado nunca cantar a los pájaros del parque en los que jugaba siendo casi un bebé, ni conoce el sonido de los grillos que sin ella saberlo han acompañado muchas de sus siestas de verano, ni sabe lo que dice el mar al romper las olas en el espigón al que le llevaba su padre siendo una niña; no ha tenido que aguantar el desagradable momento en que una tiza se rompe en la pizarra, ni los gritos de los vecinos del cuarto cada vez que ella amenaza con irse de casa. Caty no ha tenido nunca una canción favorita que poner a alguno de los besos que le han dado en su vida. De vez en cuando, va a algún concierto. Le gusta la música en directo, siente vibraciones que ha aprendido a interpretar. No sabría explicarlo, pero su corazón también late más rápido o más lento dependiendo de la melodía o de si la letra es triste o animada. Su médico le dio una explicación científica de por qué sucedía eso que ella siempre traduce de forma sencilla: la parte del cerebro que debería oír no oye, vibra.

Al ser sorda por completo desde que había nacido no sabía exactamente qué es lo que se estaba perdiendo. Imaginaba que no era lo mismo dejar de tener una cosa y empezar a echarla de menos que no haberla tenido nunca. No se puede añorar con la misma pasión algo que nunca ha sido tuyo. Pasa algo parecido con los ciegos: es diferente no haber visto nunca que perder la visión y saber que, poco a poco, a fuerza de no verlo llegas a olvidar el rostro de alguien, incluso el propio. Con el sonido, a Caty le sucedía algo parecido. No sabía a qué sonaba Beethoven, ni la voz de su madre, aunque las dos cosas le hicieran vibrar.

Todos sus amigos habían aprendido el lenguaje de señas. Comprendieron que era imposible que Caty siguiera la conversación leyendo los labios si eran más de tres o cuatro los que se juntaban. Se perdía y no entendía por qué se reían o por qué se enfadaban. Ahora, cuando salían juntos o quedaban para hacer algo en grupo, todos se esforzaban en hablar con las manos, con gestos, especialmente Alberto, un chico tímido que había encontrado en esa forma de expresarse la mejor manera de no tener que decir con palabras todo lo que sentía.

Alberto estaba enamorado de Caty, enamorado hasta el agotamiento, enamorado de los de manual, de los clásicos, de los que no pueden dejar de mirarla, de los que pierden el apetito, de los que no encuentran sentido a la velada si ella a última hora ha cancelado su asistencia. Pero eso sí, el enamoramiento de Alberto era un enamoramiento silencioso, no tenía intención de verbalizarlo ni con palabras ni con signos; todavía no se había inventado el lenguaje que pudiese sacarle del enmudecimiento. Su amada era sorda y Alberto, en lo que a sus sentimientos se refería, mudo perdido.

Entre los dos existía bastante complicidad, pasaban juntos mucho tiempo. Un par de veces por semana, como poco, quedaban en casa de él para ver alguna película, que entonces no llevaban subtítulos para sordos. Alberto nunca se lo dijo, pero las veía la noche anterior, haciendo anotaciones de cosas que luego explicaría a Caty. No estaba dispuesto a que ella se perdiera nada. Por ejemplo, si era una de miedo y en la pantalla un chico estaba atemorizado, él rápidamente le decía que el miedo venía porque se escuchaban aullidos de lobo provenientes del bosque. Si alguien lloraba, Alberto rápidamente contextualizaba el llanto, era porque estaba sonando una emotiva melodía de fondo. Cuando decidían ir al cine siempre acudían a la sesión de primera hora de la tarde para encontrar la sala vacía. Se sentaban en la última fila y allí Alberto iba explicando también cosas que a ella se le podían escapar.

—Ahora se ha escuchado el sonido de una puerta —le decía con señas—. El narrador está diciendo que Adrien se marchó a la ciudad a buscar fortuna y nunca regresó.

Siempre recuerdan, entre risas, cuando vieron *Funny Games* y Alberto tuvo que sudar para contarle todo lo que se escuchaba fuera de la escena. Esa manía de Haneke de dejar un plano de dos o tres minutos con una tele encendida mientras en la habitación de al lado los protagonistas hacen de las suyas era difícil de explicar.

Tuvieron la idea de ir todos los lunes a la filmoteca a un ciclo de cine mudo. Allí estaban en igualdad de condiciones. Así, empezaron a caer las semanas entre *Tiempos modernos* y *Lirios rotos*. Y entre silencios y subtítulos poco a poco se fueron aislando del resto del grupo.

Efectivamente: pasó lo que tenía que pasar, lo que se veía que iba a pasar, lo que todos ustedes saben que iba a pasar, que el amor es ciego, pero no sordo ni mudo.

Una tarde, en casa, el DVD se estropeó y se quedaron huérfanos de historias. El silencio se hizo, además de sonoro, visual e incómodo. Se empezaron a mirar como si no se hubiesen visto nunca, como si fuera la primera vez. El corazón de Alberto latía tan fuerte que parecía que se le iba a salir por la boca. En ese momento se le pasó por la cabeza una maldad. Menos mal que ella no podía oír, si no moriría de vergüenza, pensó al seguir escuchando su corazón galopar. No sabía lo de las vibraciones.

Llegó el momento. Era ahora o nunca, debía dar el primer paso. Extendió su dedo pulgar, acompañado del índice y el meñique y lo dijo. Se había imaginado cientos de veces así, como estaba en ese instante, y siempre le había parecido tremendamente ridícula e incluso soez la imagen. Fue el primer gesto que estudió sabiendo que no tendría que echar mano de él hasta pasados unos años, pero lo quería llevar siempre en la pistolera por si necesitaba desenfundar. La primera vez que lo buscó no pudo entender cómo el inventor de ese lenguaje lo había elegido para esas palabras, para expresar lo que expresaba. Debió de tener un mal día. Pulgar, índice y meñique. Tuvo incluso que asegurarse de que esos dedos eran esos dedos, que no había confundido meñique con anular o algo parecido. No eran cuernos de tipo duro, de concierto de música *heavy*, era un simple «te amo».

Funcionó, se dieron un beso largo, un beso húmedo lleno de pasión y cariño, un beso de esos que llevan mucho tiempo esperando a ser dados, esperando salir del estómago o de las entrañas, un beso en el que se podían escuchar —podía sólo él, claro— cómo se comían los labios con pequeños mordiscos que denotaban las ganas que se tenían, labios que se conocían pero que no habían sido presentados, labios que encajaban a la perfección, que tenían enfrente a su otra mitad, labios que pasados diez minutos estaban rugosos como la piel cuando está un tiempo a remojo. Un «beso pasa» llamaron a ése y a otros cientos de besos que llegarían después.

Pasados cinco años de aquel «te amo» se fueron a vivir juntos, y pasados nueve llegó Jaime. Cuando nació, Caty pasó mucho miedo. Le dijo a Alberto, empeñado en asistir al parto, que en cuanto el bebé empezara a llorar se lo dijera. El temor a no escuchar ese primer llanto que pone de manifiesto que todo ha ido bien la tuvo agarrotada los meses previos. Todo salió perfectamente, el niño lloró de forma estruendosa, como intentando que su madre pudiese escuchar. Alberto enseguida se asomó al otro lado de las piernas en alto de Caty y le levantó un pulgar. Ella sonrió de felicidad.

Y ahí estaba meses después en la consulta definitiva, en el momento decisivo. Atrás quedaban muchas peregrinaciones de médico en médico y respuestas negativas de su seguro a costear un tratamiento pionero, casi experimental, y la sensación de impotencia de ver cómo se cerraban puertas. Pero eso era pasado, un pasado al que no querían mirar, un pasado mudo que podía cambiar en cuestión de minutos. Hacía diez semanas que le habían realizado un implante coclear y era el momento de ver si daba resultado.

En una pequeña habitación llena de ordenadores y máquinas una doctora hace unos ajustes con un pequeño aparato, se lo acerca a uno de los oídos y al instante Caty dice «sí». Y empieza a llorar, una hemorragia de lágrimas. Acaba de escucharse por primera vez, de saber a qué suena su propia voz, y ahora que puede oírse no le salen las palabras. Alberto graba la escena con una vieja cámara que compró en una tienda de segunda mano en la que sólo pidió que el volumen funcionara perfectamente. Cuando las lágrimas dejan de asomar, le mira y le dice que le hable, y sigue llorando, sin descanso, sin parar. Ahora también sabe a qué suenan las lágrimas. Al llegar a casa, espera a que Jaime vuelva del colegio. Al escuchar la puerta, que nunca antes había escuchado, le abraza y le pide que no utilice el lenguaje de signos. Lo primero que dice es «mamá» y otra vez a llorar. Jaime la consuela sin saber por qué al decir «mamá» ha provocado esa reacción.

Al llegar la primera noche en el mundo sonoro le pide a Alberto un favor:

—Alberto, cariño, ¿podrías hacer una cosa por mí antes de dormirte?

—¿Cuál?

—Darme un «beso pasa» para saber a qué suenan.

—Eso está hecho. Les diré a mis labios que se apliquen, que hoy tienen un público más exigente que otros días. —Y se fundieron en uno de esos besos largos y casi caníbales.

Al separarse, se miraron y él, instintivamente, levantó el pulgar, el índice y el meñique y Caty le dijo, deteniéndose en cada palabra, saboreando cada letra que llegaba hasta su cerebro:

—Yo también te amo.

—Una última cosa. ¿Cómo dirías que es mi voz? —preguntó ella.

—Preciosa, aterciopelada, creo —responde su chico—. ¿Por qué? ¿Hay algún problema? No me asustes. ¿Tú cómo la ves? Bueno, ¿cómo la escuchas? ¿Cómo la describirías?

—No sé, yo diría que es una voz magenta —respondió.

La foto

Anna pasa las páginas del periódico sin hacerles mucho caso. Las noticias de hoy son las que había leído anoche en el ordenador. Ojea más que otra cosa, lee los titulares, pero la realidad sigue siendo la misma que doce horas atrás. Entre folletos de publicidad, suplementos de belleza y hojas color salmón que siempre deja para el final, logra llegar hasta la guía cultural. El ruido de la cafetera actúa como despertador de la rutina. Se pone el segundo café de la mañana, éste, algo más corto que el primero, es el que de verdad la despierta. Retoma las recomendaciones culturales, apunta las películas que quiere ir a ver al cine, las exposiciones que le gustaría visitar y cuando está a punto de dar por concluida la primera lectura —luego por la noche habrá otra—, retrocede sobresaltada. Derrama algo de café sobre la alfombra, frunce el ceño como para intentar ver mejor. Hay una fotografía que la sobrecoge.

Pepa iba cada día al colegio de la Plaza del Rei uniformada como mandaban los cánones, con su abrigo de franela gris perla que ocultaba una camisa blanca con corbata y una falda negra que llegaba hasta más abajo de la rodilla, medias tupidas y unos zapatos con un pequeño y casi inapreciable tacón. El pelo le llegaba hasta justo tapar la nuca, una especie de melena a lo *garçon* tan de moda entonces que a su madre no le terminaba de convencer. Pepa tenía dieciséis años, pero con uniforme podía aparentar veinte o veinticinco.

Al salir de casa siempre bajaba Laietana por la acera de la derecha, dirección mar, un mar que no pisaba desde verano. Aquella calle era para ella como un mapa sin secretos, no le hacía falta leyenda para explorarla, estaba segura de que podía recorrerla a ciegas y no tropezaría. Conocía cada recodo, cada esquina, cada edificio, los olores de los diferentes tramos. Su padre le había contado que para construir la avenida hubo que sacrificar muchas calles, por ejemplo, la calle de las Bombas, donde estaba la taberna de las Bombas, que era un sitio donde siempre paraba su bisabuelo a tomar un vino antes de llegar a casa. Y si en vez de tirar hacia el mar iba en dirección contraria, llegaría al cruce con Valencia, que era donde vivía María, su mejor amiga.

A pesar de ser un trayecto sin secretos siempre elegía la acera de la derecha para el camino de ida y la de la izquierda para el de vuelta. Por saber, sabía hasta la duración de los semáforos.

Anna sigue encadenada al periódico, analizando cada detalle. La fotografía ilustra un reportaje sobre una exposición dedicada a Xavier Miserachs en el Museo de Arte

Contemporáneo. Miserachs es uno de los fotógrafos que mejor ha retratado la Barcelona de posguerra. En la imagen aparece una chica a la que un hombre dice algo casi a bocajarro. Se titula *Piropo en la Vía Laietana.* Escudriña con la mirada a todos los protagonistas... Aquellos chicos, aquellas risas. Tiene la sensación de que puede escuchar el bullicio, los gritos de los jóvenes, el ruido del coche que circula, que, con matrícula de Bilbao y placa de servicio público, luego supo que era un Seat 1400. Quizá era un taxi que emprendía el largo viaje de vuelta o un charnego que había echado raíces allí.

Le hace gracia la cara del chico en primer plano, con una mano metida en el bolsillo, caminando ajeno a la escena. Él a lo suyo, no se inmuta ni con el grito que justo detrás de él alguien le estampa a una chica, ni con las risas del resto, ni con el Seat de Bilbao que se acerca. El café se ha quedado frío. Anna pone otro en el fuego para seguir con su labor detectivesca.

A mitad de trayecto, dos días a la semana, Pepa siempre tenía que sortear a los mozos que en fila india aguardaban su turno en la oficina de reclutamiento. La mayoría de los jóvenes de la época que estudiaban pedían prórrogas para ir aplazando el servicio militar, por eso muchos lo terminaban haciendo con más de veinticinco años, aunque algunos optaban por la milicia universitaria, que era como pagar algo de forma fraccionada: se hacían tres meses cada año.

Los que estaban en aquella cola solían ser muchachos de clase media baja. Al fin y al cabo, bocas que no había que alimentar en casa.

Abrazada a su carpeta, llena de apuntes de ciencias naturales, se sobresaltó cuando un chico se acercó a ella y, rompiendo esa barrera invisible que todos llevamos con nosotros y marca nuestro espacio vital, esa especie de frontera que sólo pasan los amantes o los que no vienen a por nada bueno, le soltó un berrido que retumbó en toda Barcelona. O eso le pareció a ella.

Anna vuelve sobre la chica, la auténtica culpable de que haya derramado el café. Lo ha estado demorando para tener el resto de la escena clara y situar fechas, calles y rostros. Pero ese gesto sólo puede ser de una persona. Es mamá, su madre, no puede ser otra. Esa actitud reprobatoria apretando la mandíbula y la mirada medio entornada la delata.

Se va al trastero a coger la escalera y, jugándose el tipo, logra bajar de un armario viejas fotografías casi consumidas por el tiempo. Esas fotografías con un troquelado a ambos lados que ya sólo se ven en las cajas de bombones destinadas a guardar recuerdos. Todas son de su madre ya casada. Se detiene en una en la que ella y su padre posan junto a un dos caballos. Lleva el mismo peinado afrancesado y un abrigo casi idéntico, con menos solapas, pero en el mismo tono. Le entra un escalofrío y una lágrima empieza a caerle sin que ella le haya dado permiso. El café se vuelve a helar.

—Morena, ojalá me pudieses reclutar tú. ¡Guapa! —le soltó a un palmo de la cara el chico.

En ese momento Pepa sintió que el tiempo se detenía, que se congelaba. La calle entera se giró, todos los mozos se dieron la vuelta y empezaron a reírse. Le miró con cara de susto y enfado y, con alguna dificultad, siguió su camino. Pegó un pequeño salto hacia la calzada y un taxi que circulaba despacio apretó la bocina alertándola. Sin darse cuenta, empujó a un chico que iba por delante con aire despistado y tropezó con un hombre al que casi le tiró su cámara de fotos. Recuperada del susto, doscientos o trescientos metros después sonrió. No había podido casi verle, pero el futuro y osado recluta le había parecido apuesto y eso a pesar de que iba vestido como si fuese domingo de guardar. Con chaqueta y corbata, y zapatos limpiados a conciencia esa misma mañana: elegancia decadente, elegancia de alguien que fuerza esa elegancia para una ocasión especial. Elegancia enternecedora.

Con las pruebas en la mano, Anna corre para buscar alguna respuesta en su abuela. Intenta abrir el garaje de casa con las llaves del trabajo, se le cala el coche dos veces en la rampa de salida. Al salir a la luz descubre que hace un día precioso, con un sol que atraviesa la ventanilla y calienta sin molestar. Sigue dándole vueltas a la cabeza, sabe que es un hallazgo sin importancia para el resto de la humanidad, pero lo considera una oportunidad de reconstruir parte de su biografía, de bucear en un pasado en el que ella ni siquiera era un proyecto. Además, esa imagen, aunque no sea consciente todavía, reaparecerá de vez en cuando en su vida, asomándose caprichosa en forma de portada de libro o para ilustrar reportajes de piropos. Guiños a los que se habituará y le harán especial ilusión.

Al cuarto timbrazo su abuela abre la puerta.

—¡Hija, qué prisas! ¿Qué pasa?

La abuela es, con cincuenta años más, la viva imagen de la chica de la foto. El pelo tamizado de blanco, pero los mismos ojos, la misma boca y el mismo pronto. Podría ser ella la que fulmina con la mirada al recluta.

—Yaya, siéntate. Mira esta foto. ¿Quién crees que es? Fíjate bien.

—Es la nena, la nena con su uniforme —responde la abuela sin vacilar—. ¡Qué guapa! ¿Quién es ese chico? ¿Y éste?

—No lo sé, yaya, he visto la foto en el periódico.

—Qué guapa era y que carácter tenía... Mira, parece que le va a arrear un guantazo.

—Sí, sí tenía carácter, demasiado a veces. Oye, yaya, ¿y mamá nunca te habló de esta fotografía?

—Nunca. Yo es la primera vez que la veo. ¿Y quién dices que la hizo?

—Xavier Miserachs.

—Pues ni idea, cariño, pero debe de ser en pleno invierno, porque ese abrigo sólo lo utilizaba cuando hacía mucho frío. Y debía de tener unos dieciséis años porque ya llevaba un zapato con un poco de tacón.

—Un beso, abuela, te llamo para comer un día.

Anna decide contar todas sus averiguaciones a su hermana Montse. Se ven y quedan en reconstruir aquel día de 1962 entre las dos. Saben que les va a llevar mucho tiempo explicarse ese segundo detenido en algún lugar del pasado, pero están decididas.

El siguiente interrogado será su padre. Con la voz temblorosa, no puede más que confirmar que la de la foto es Pepa. La reconoce sin vacilar a pesar de que el destino entonces todavía no les había cruzado. Tres años después se conocerían y pasearían juntos esa misma calle.

A Montse se le ocurre una idea: ¿por qué no intentan hablar con el autor, con Miserachs? Seguro que acude a la inauguración de la exposición. Quizá puedan preguntarle si recuerda algo.

En el museo están todavía preparando la muestra. Justo cuando llegan ellas, están colgando en la fachada del edificio una gran lona con la escena del piropo. Les impresiona ver a su madre tan grande presidiendo la entrada de un centro de arte. En la recepción les dicen que Miserachs no ha ido ese día porque tiene gripe, pero llaman al comisario de la exposición. Le cuentan todas sus peripecias y le enseñan los retratos de su madre, y éste les promete que se lo contará al artista.

Han pasado dos días. Anna no ha parado de pensar en el tema. De repente, una llamada de centralita la arranca de su ensoñamiento.

—Es un tal Xavier —le dice la secretaria.

Se emociona, casi no le sale el habla. Al otro lado, un hombre con voz amable la invita a ir a la inauguración de la exposición para conocerse.

Es jueves por la tarde. Anna y Montse llegan pronto al museo, pasean inquietas por las salas. Observan con detalle instantáneas de una Barcelona prácticamente irreconocible. En una aparece la cartelera de una película protagonizada por Bob Hope y Bing Crosby junto a una ventanilla en la que se despachaban entradas para los toros y el fútbol. Por aquellas fechas, el Fútbol Club Barcelona había cesado a Kubala, un mito, después de perder la final de la Copa de Ferias contra el Estrella Roja, al menos es lo que pone en la cartela que acompaña a la imagen. Se sobresaltan cuando sienten dos golpecitos en sus hombros. Se dan la vuelta y delante de ellas aparece un hombre atractivo de unos cincuenta y no muchos, con entradas en un pelo sin peinar y algún rizo o remolino en los lados acompañado de unas ligeras ojeras que le hacen más interesante.

—Hola, soy Xavier. ¿Cómo estáis?

—¡Hola, encantadas! Es un honor que nos hagas un hueco en un día con tantos compromisos.

—Estoy muy intrigado por conocer vuestra historia. Venid conmigo.

Las lleva delante de la foto del piropo y escucha atento todo lo que le cuentan. Cuando terminan, empieza él su relato.

—Recuerdo que era martes, un martes muy frío. Yo acababa prácticamente de llegar de la mili, así que entendía muy bien a los chicos que aparecen al fondo. Llevaba recorriendo la Vía Laietana un buen rato y decidí tomarme un respiro. Mientras echaba un cigarrillo me apoyé en una farola, desde donde está hecha la foto, y, de repente, a lo lejos vi un abrigo casi blanco que destacaba en ese día tan oscuro que había amanecido. Preparé la cámara por si la chica no cambiaba el rumbo, sabía que si pasaba por allí, le iban a decir algo. La seguí por el objetivo hasta que pasó cerca de la fila. Empecé a disparar y mientras lo hacía escuché el grito, ese «guapa» que paralizó la calle. Tenía miedo de no haber capturado el momento o de que el chico que aparece mirando a cámara me hubiese tapado. Recuerdo también el enfado de vuestra madre, un enfado más pudoroso que otra cosa, y cómo al pasar cerca de mí casi me tiró la cámara al suelo. Al llegar al cuarto de revelado y ver la fotografía me emocioné.

A Xavier se le humedecen los ojos. Han pasado casi treinta y cinco años. Le gusta pensar que los personajes que habitan sus imágenes tienen vidas o siguieron con sus vidas y tienen nombre y apellido, y crecieron y tuvieron hijos y amaron y fueron amados y que hubo un mañana después de aquel ayer.

Al cabo de una semana, el teléfono del trabajo de Anna vuelve a sonar.

—Tiene una visita esperando —dice la secretaria.

—¿Quién es?

—Un hombre que dice llamarse Xavier Miserachs. Le trae una cosa.

—Dígale que voy enseguida.

Anna deja todo lo que está haciendo y avisa a su compañero de que sale un momento a hacer un recado. Xavier la espera en el impersonal *hall* del edificio. Se dan dos besos.

—Toma, te traigo un original de la fotografía de tu madre, de esta forma se cierra un poco el círculo y termina aquel paseo de 1962.

—Muchas gracias, Xavier. No sé qué puedo hacer para agradecértelo, es demasiado... Me hace mucha ilusión.

—Es un placer, de verdad, no se me ocurre mejor pared que la de tu casa para colgarla.

Se abrazan en uno de esos abrazos tiernos, de cariño y admiración, y se despiden. Cuando llega a su mesa, la desenvuelve y comprueba que abajo a la izquierda hay una dedicatoria: «Para la hija de una protagonista involuntaria».

Pepa mira por la ventana de su clase: la voz de sor Manuelita anestesia a cualquiera. Piensa en ese «guapa» que acaba de escuchar y se le vuelve a dibujar la misma sonrisa que minutos antes. No sabe ni sabrá nunca que ese momento ha sido capturado y revivirá mucho tiempo después. Ese martes del año 1962 Barcelona se recuperaba de una de las mayores nevadas que se recuerdan en la ciudad.

LUCAS

El día había amanecido color gris plomo, con frío y mucho viento. Las hojas de los árboles poblaban calles desiertas. En el viejo almacén se oía el aire silbar, entrando por cada resquicio de la puerta, abriéndose paso entre las estanterías, que parecían temblar.

Las condiciones climatológicas le hicieron temer lo peor. Llevaba tantos meses esperando ese viaje que cualquier retraso sería para él y sus compañeros un mazazo del que sería difícil salir a flote.

Lucas, como el resto, había nacido dos años antes en una vieja y sucia fábrica situada a las afueras de Hong Kong. A todos les dibujaron la misma sonrisa y los ojos con las pupilas mirando hacia arriba, algo que les confería un aire de despiste imposible de disimular. Recuerda a menudo el momento en el que le metieron el rotulador en el iris y cómo se intentó mover para que el puntito negro cayera en el centro, pero no hubo forma, se quedó para siempre como un eterno observador del cielo.

Algunos de sus amigos corrieron peor suerte y en vez de rociarlos con un, al menos, decoroso amarillo chillón, los pintaron de diferentes colores. A Waltz le tocó la bandera estadounidense, su cuerpo entero de barras y estrellas le vendrían muy bien el 4 de julio, pero hasta entonces era el blanco de todas las bromas. Pero para americanismos el de Crish, a la que pusieron la cara de la Estatua de la Libertad, con antorcha incluida. Claro, que el peor era Darth, por Darth Vader: todos le hablaban con la voz ronca y afónica y le pedían que enseñara la espada láser. Waltz, Darth y Crish se convirtieron en sus mejores amigos.

Todavía se estremece al recordar su nacimiento, la risa y los gritos de los operarios, la crueldad que mostraban si alguno tenía un defecto: los tiraban al contenedor o los pisaban, e incluso apagaban el cigarrillo en ellos.

Después de sobrevivir a lo que él bautizó como el «matadero», fue a parar a aquellas baldas. Creía que iba a ser un paso transitorio, una parada técnica, pero los días caían sin descanso. Al principio, era frecuente el ir y venir de gente que nunca se detenía ante ellos, como si fueran invisibles. Cuando se metía el sol, se escuchaba el sonido del aire saliendo de algún cuerpo, algo parecido al instante en que un globo se desinfla, un soplido agónico que se producía cuando alguno de los gatos callejeros que merodeaban cada noche enganchaba una presa entre los dientes.

Toda aquella época estuvo dominada por la incertidumbre, se perdía la noción del tiempo y, aun habiendo luz, la oscuridad lo invadía todo. En mitad de las tinieblas conoció a Lucy, la más guapa del lugar.

Lucy le ayudó a sobrevivir, a no caer en la desesperación. Le daba ánimos cuando parecía imposible tenerlos. Juntos imaginaban un futuro mejor, hacían planes y se permitían fabular con vivir en el mismo sitio, algo que ya sabían que era prácticamente imposible. Es curioso, Lucy era diferente, tenía una mirada especial, miraba de frente, directamente a los ojos, de una manera que encogía el corazón. Luego supo que en la cadena de montaje ella sí había logrado moverse lo justo para que su pupila cayera en el centro.

Allí estaban, sufriendo por la tormenta que tenían encima. El viaje ya se había suspendido en noviembre por la mala situación económica de la naviera. Aquello les había desmoralizado mucho, porque tenían la ilusión de llegar en diciembre a América, conscientes de que en Navidades encontrarían hogar rápidamente. Viajando en enero, como mucho podían aspirar a ocupar un lugar preferente en un escaparate el día de los enamorados y que alguna pareja se encaprichase de Lucy y de él a la vez.

Un día, a primera hora de la tarde, cuando ya había perdido cualquier esperanza, la puerta del almacén empezó a abrirse. Un ruido ensordecedor despertó a todos de la siesta. Los murmullos y los gritos de júbilo se mezclaron con los nervios y la ansiedad.

Miró fijamente a Lucy. Bueno, miró fijamente al techo y le dijo: «Ha llegado el día».

Los metieron a todos en el mismo palé y, antes de abandonar aquellas cuatro sórdidas paredes, intentó echar un último vistazo, pensando en que quizá, dentro de poco, llegarían otros Lucas y otras Lucys. De repente, sintió unas manos que arrastraban al grupo hacia una bolsa. Agarró a Lucy, advirtió a Darth, Waltz y Crish y sintió el vacío en su buche. Lo que más le preocupaba era que alguno de sus amigos se quedara en tierra. Pasó lista y todos contestaron. Respiró todo lo que se puede respirar en una bolsa cerrada y sintió que volaba de nuevo hasta impactar sobre una superficie dura.

El camión se movía violentamente, la lluvia golpeaba el techo y los baches de la carretera provocaban que unos se amontonaran encima de otros. El motor se paró y el sonido de las sirenas les hizo pensar que habían llegado a puerto. A través de una pequeña rendija Darth, con su voz metálica, iba retransmitiendo lo que sucedía: se acercaban unas enormes pinzas que atraparon el contenedor, lo levantaron. Otra vez los gritos y el miedo, porque parecía que en cualquier momento se iban a precipitar al vacío.

Era casi medianoche cuando zarparon. Lucas imaginaba la cantidad de sueños que había encerrados en ese barco. Al menos, a él y a Lucy les había tocado juntos. Se durmieron con sus cabezas apoyadas. Ahora, con la perspectiva que dan los años, lo recuerda como uno de los momentos más felices de su vida.

Un estruendo los despertó de golpe. Todo se movía, el aire y el agua entraban por las paredes oxidadas y agujereadas del contenedor, la noche se iluminaba y la furia del mar parecía que iba a partir en dos aquella mole. Se abrazaron como si un abrazo fuera a hacer que el peligro terminara antes, como si la desgracia fuera imposible teniendo al otro cerca. Pasaron horas y horas y no amainaba. El agua empezaba a inundarlo todo y pensó que el final estaba cerca, pero, de repente, en uno de los azotes de viento el contenedor comenzó a moverse más de lo habitual y se precipitó hacia el mar. Por vez primera, sentían el agua. Supuestamente, habían nacido para eso, para vivir mojados, pero nadie les había enseñado a nadar.

El impacto contra las aguas heladas provocó que la compuerta se abriera y se vieran en mitad de una noche que parecía interminable, en mitad de un océano que se les antojaba eterno. Tuvo el impulso de sentirse de verdad un pato de alas tomar.

Esperaron hasta que amaneció para intentar trazar un plan, que, fuera el que fuera, sería un plan desesperado, sin despegarse de Lucy. Los primeros rayos de luz le permitieron comprobar que el grupo era todavía bastante numeroso. Darth, Crish y Waltz también estaban a salvo, a ellos era más fácil localizarlos.

Miró hacia los lados y no divisó al carguero: no iban a volver a por ellos. Ése fue el principio, un principio sin nada en el horizonte, sólo agua y agua y más agua. Con el tiempo, supo que habían caído en mitad, justo en la mitad del océano Pacífico, en un lugar donde a la tierra ni se la intuye. En la línea del cambio de fecha.

Las mareas los arrastraban a su antojo, no eran más que una gran mancha de colores moviéndose sin aparente sentido. Durante las noches de tormenta era cuando más sufrían, entonces todos se agrupaban como un ejército para intentar no perder efectivos. Crish encendía su antorcha para aportar un poco de luz y en torno a ella los cinco se abrigaban con sus alientos. Al alba siempre comprobaban que habían perdido algún miembro. Cada vez que eso se producía se hacía el silencio, algunos lloraban de rabia y todos pensaban que no existía salida posible.

Otro de los peligros eran los tiburones y las ballenas que, de vez en cuando, se cruzaban en su camino. Menos mal que ellos no eran un manjar apetecible. No desprender olor era toda una ventaja. Pero, en ocasiones, pasaban tan cerca que al abrir sus enormes mandíbulas, por accidente, engullían a alguno de los suyos. Lucas sabe bien de lo que habla: ha estado dentro de uno de esos monstruos marinos. Un día se separó del grupo unos metros para airearse y pensar en soledad. De repente, divisó una giba enorme, sonó un estruendo y sintió cómo un remolino lo absorbía sin remedio. Los graznidos de Lucy y el resto dejaron de escucharse y se hizo de noche en pleno día. Pasaron dos o tres interminables minutos. Entonces se dio cuenta de que no estaba solo, Crish iluminaba con su antorcha la tétrica cueva. El paisaje era desolador, cientos de peces se movían enloquecidos tratando de huir de su destino, una especie de desagüe que se encontraba al fondo. No cabía duda: estaban dentro de una ballena y a punto de acabar en su estómago. Aquel mastodonte se había tragado de todo: un guante, una pelota de golf... El trozo de cinta aislante les podría ser útil. Crish, en un alarde de genes americanos, propuso hacer un lazo y rodear uno de los dientes para fabricar una especie de liana. Si la ballena salía a superficie y abría la boca se impulsarían al exterior. La operación fue un éxito: salieron despedidos unos cuantos metros. Mientras volaban vieron un hermoso chorro de agua salir de aquella bestia.

Recuperados del susto, tardaron un buen rato en reincorporarse al grupo y seguir la marcha. Se abrazó a Lucy y todos celebraron su vuelta.

Alguna vez, la marea los devolvía a tierra, a la orilla de algún islote desierto. Entonces, aprovechaban para dormir todo lo que podían. Ni los ronquidos metálicos de Darth, sacados de la mismísima guerra de las galaxias, eran capaces de derrotar semejante agotamiento.

Lucas siempre se aseguraba de soñar muy cerca de Lucy, pico con pico. Sabía que la vuelta al mar no dependía de ellos. En cualquier momento, una ola sacaba fuerzas, lamía la arena y los transportaba de nuevo hacia dentro.

Los días de mucho sol en mitad del océano eran especialmente duros, su color amarillo empezaba a resentirse; en cambio, el verde de alguno de sus compañeros aguantaba bastante mejor. Algunas veces, Lucas tenía pesadillas en las que se derretía y su existencia quedaba reducida a una pequeña mancha en mitad del océano.

Perdieron la cuenta de los meses que llevaban a la deriva. Vivían al capricho de las mareas, que los desplazaban de un lado para otro.

Lucas calculaba que de los veinte mil que habían caído del carguero, en esos momentos quedaría la mitad. Hacía tiempo que no dejaba que su cabeza pensara en América y en surcar bañeras confortables entre pompas de jabón. Estaba perdiendo la ilusión, sólo sus amigos le impedían enloquecer.

Pasaban los inviernos y sus huracanes y sus tormentas, pasaban los veranos y su calor implacable, llegaban días tranquilos en los que no pasaba nada y nada era lo mejor que les podía pasar. Hong Kong y el día que embarcaron le parecían algo irreal, le costaba discernir si había sucedido o no. Maldecía su mala suerte, después de dos años en un almacén su condena final iba a ser a cadena perpetua en mitad del mar.

Uno de los peores momentos de ese viaje no deseado ni planeado llegó un frío día de invierno: una ola los escupió sin piedad sobre el hielo. No recuerda una sensación parecida, sentía arder la base de su cuerpo y el pico le castañeaba. Llevaban un rato en ese inhóspito territorio cuando aparecieron ellos. Los pingüinos sólo querían jugar, pero, entre juego y juego, más de uno les daba un bocado que provocaba una vía de agua en su cuerpo. De repente, cuando aquellos bloques inmensos comenzaron a derretirse y volvieron a estar a merced de las aguas, Waltz empezó a gritar. Al mirarle, vieron que se escoraba demasiado hacia un lado. Se acercaron, lo inspeccionaron y comprobaron que tenía un agujero debajo de una de las alas, justo sobre una de las estrellas medio borrada. Los cuatro le rodearon a modo de chaleco salvavidas, de barco de arrastre. Aguantaron todo el tiempo que pudieron, se turnaban en la tarea, pero el agua se colaba por el roto e iba inundándole por completo. El viaje así era imposible. Crish y Lucy no podían contener las lágrimas, sabían que no había salida para su amigo. Waltz miró a Lucas y le pidió que por favor le dejaran, su peso se había multiplicado por cuatro y era consciente de que todo se había acabado. Además, había nacido para flotar y ya nadie le querría en su bañera. Le abrazaron, le besaron y le fueron soltando. La última ala en separarse fue la de Lucas, que lloraba como nunca lo había hecho en su vida. Waltz le deseó suerte, le dijo que cuidara de Lucy y que ojalá llegaran pronto a algún cuarto de baño reluciente en el que los dueños se bañaran mucho con agua caliente y los mimaran. El mar tardó menos de un minuto en tragárselo, nunca podría olvidar aquella última mirada. Waltz Richmon era sin duda el más callado del grupo, un tipo cargado de sentido común que siempre tenía palabras de ánimo para todos. Ahora su cuerpo lleno de barras y estrellas iba directo a las profundidades de un mar que ni siquiera sabían cuál era.

Volvieron a caer los inviernos y los veranos y los días en los que sólo viajaban como una manada desorientada. El recuerdo de su amigo los acompañaba siempre, las bromas desaparecieron, y ni siquiera escuchar a Darth les arrancaba una sonrisa.

Aquella mañana era exactamente igual que las mañanas que habían sido. Era increíble cómo todos los días se parecían, cómo costaba distinguir ayer de hoy. Y siendo todo igual, el destino puede estar esperándote a la vuelta de cualquier ola, aunque en ese grupo ya nadie creyera en el destino. Por la posición del sol, debía de ser principios de verano. El mar estaba más azul que de costumbre. Sus ojos dibujados para vigilar constantemente el cielo vieron pájaros moverse. No era la primera vez, pero en esta ocasión eran de una especie que no habían visto nunca. Tenían el vientre y el lomo negros y un gracioso pico naranja que les servía para precipitarse a por peces. A ellos, por fortuna, no les hacían ni caso. Horas después, el grupo, que vagaba aletargado, se conmocionó. Empezaron a escuchar un murmullo que al rato se convirtió en gritos. Debían de haber pasado años desde la última vez que habían oído algo parecido. Una suave ola le dio la vuelta y, de repente, Lucy, que era la que mejor mirada tenía, empezó a gritar: «¡Son personas! ¡Es una playa llena de personas y nos señalan!». Lucas pensó que se trataba de una alucinación. Le pidió a Crish que le pellizcara fuerte, pero la realidad no cambió.

Cuatro olas más tarde ya estaban en la orilla. Los niños corrían hacia ellos y los mayores iban detrás. De repente, vio que alguien cogía a Lucy en sus manos. Trató de nadar a contracorriente para llegar hasta allí y que las mismas manos le rescataran también a él, pero las manos fueron a por otro. Quedó atrapado en una especie de red. Le sacaron del agua y, mientras iba por el aire, pudo ver cómo un mocoso jugaba con Lucy lanzándola al mar una y otra vez. Unos metros más allá a varios colegas los apretaban con saña: Crish estaba clavada sobre la arena y sólo asomaba su cara y su antorcha. A Darth le hablaba un grupo con tono burlón. Empezó a llorar sin lágrimas. Después de tanto sufrimiento, ése no podía ser el final.

La playa estaba revolucionada. Corrían con ellos en la mano como si pudiesen volar, los enterraban y desenterraban, los zambullían. Era una pesadilla. Alguien agarró a Lucas. Era un tipo que lo sujetaba por el pescuezo y lo mostraba a una cámara de televisión: «Éste es uno de los treinta mil juguetes de plástico que hace diez años se cayeron de un carguero en mitad del océano Pacífico, justo en esa mítica línea que determina el cambio de fecha. Han hecho un viaje de miles y miles de kilómetros, han sorteado seguro que muchísimos peligros, incluso los científicos han estudiado su ruta para ver los movimientos de las mareas, pero esa aventura ha terminado para muchos aquí, en la playa de Laxe. No sabemos qué dirían si pudieran hablar, pero seguro que nos contarían una historia apasionante».

Lucas descansa ahora en una estantería, justo encima de mi bañera, mirando hacia una gotera que tengo en el techo. Con el tiempo, hemos aprendido a comunicarnos y le he prometido que todos los veranos iremos a esa playa para ver si aparece alguien con Lucy en los brazos. Incluso he puesto un anuncio en internet: compro patitos de goma que la gente tenga en su casa siempre que los consiguieran aquel día. Pido que me manden una foto. Sólo esperamos que en alguna alguien nos mire directamente a los ojos, de frente, como sólo ella sabía mirar.

Interacciones

La venganza

Se levantó decidido: lo había meditado durante toda la noche y no iba a dar marcha atrás. Se duchó y mientras le caía el agua revivió otra vez aquel día, aquella mañana que durante cincuenta años le había acompañado cada minuto; esos cinco minutos que le sumieron en una depresión tras otra. Se secó minuciosamente, sacó del armario la camisa que había recogido de la tintorería la tarde anterior; combinó el traje de chaqueta azul oscuro con una corbata roja, limpió con obsesión los zapatos. Quería parecer alguien importante, dar una imagen impecable. Además, seguro que salía en periódicos y televisiones. Él, que no había sido nunca nadie, tendría quizá dos o tres columnas en la página de sucesos y, con suerte, un minuto en el noticiario de la noche. Regó las plantas, se sentó a desayunar, volvió a recrear el momento. Fregó la taza y el plato y cogió el paquete.

Durante el viaje en autobús vio su reflejo en el cristal y se maldijo a sí mismo y su existencia. No había logrado conocer a una mujer que pudiese hacerle compañía. Por supuesto, no había tenido hijos. Prácticamente, no conservaba amigos, si exceptuamos al dueño del quiosco de la esquina de su calle con el que de vez en cuando charlaba sobre la actualidad. Sus padres, muertos hacía diez años, jamás entendieron su timidez, ni siquiera le apoyaron el día que todo pasó. No tenía hermanos y la familia más cercana estaba demasiado lejos. Hasta su jubilación, Andrew había trabajado como guardia de seguridad en un viejo almacén de las afueras, sin contacto directo con ningún compañero. Podía llegar a pasar días, e incluso semanas, sin intercambiar una sola palabra con alguien. Se había acostumbrado tanto a no hablar que a veces le costaba recordar cómo se hacía.

Una de sus máximas preocupaciones era que en la cárcel tendría que compartir celda, entablar unos códigos de convivencia con alguien. Pero sabía que existían lugares de aislamiento dentro de las prisiones, así que con suerte podría terminar en uno de ellos.

El autobús atravesaba los barrios industriales y populosos para adentrarse en la parte alta, llena de casas con jardín y piscina. Los pasajeros que quedaban a esas alturas de trayecto eran, ya en su mayoría, empleados de servicio dispuestos a limpiar la mierda de los ricos. Era la primera vez que frecuentaba ese paisaje, a pesar de estar a menos de treinta minutos de su casa. A veces pensaba por qué nunca nadie había diseñado una ciudad igual en la que no hubiese casas mejores que otras. Siempre había creído que eso dividía a las personas y acentuaba la diferencia de clases. Barrio alto, clase alta, barrio bajo, clase baja, barrio medio, clase gris. El autobús era un medio de transporte para los de la zona gris y baja. Una especie de intruso en ese lugar lleno de casas donde se hacía carne a la parrilla. Al echar un vistazo a sus compañeros de viaje comprobó lo poco que habían cambiado las cosas desde los tiempos en los que un carromato llevaba a los esclavos a trabajar. Los pasajeros se fueron apeando en un goteo incesante parada tras parada, se veían perderse en mansiones y residencias que sólo los aceptaban ocho horas al día a cambio de las migajas. Ellos, que habían sido en sus países médicos, profesores o arquitectos, estaban condenados ahora a ir con la cabeza baja y a ser invisibles para no ensuciar el idílico paisaje. Y encima debían considerarse afortunados, otros compatriotas suyos seguro que habían corrido peor suerte.

En ese barrio, el barrio al que él nunca pudo aspirar, residía Evan, probablemente llevando el tipo de vida que él siempre había querido llevar, con un trabajo bien considerado, una mujer atractiva, hijos y con barbacoas los domingos.

Al bajar del autobús le volvió a atacar el pasado, las risas, la burla, la sensación de impotencia y de rabia. Aquello pasaba constantemente en la universidad y la gente lo superaba con normalidad, pero para él había supuesto el principio del fin.

En el número 32 vivía, según rezaba el letrero del buzón, el señor Evan y Linda MacGregor. Llamó al interfono y la voz de una mujer extranjera le pidió identificarse.

—Hola. Disculpe, soy Eddie Fisher, de la agencia de transporte Union Mail. Traigo un paquete para el señor MacGregor, Evan MacGregor —dijo Andrew.

—Espere un momento, voy a decírselo al señor —respondió la mujer.

Pasados un par de minutos la mujer le dijo que el señor lo recibiría en la puerta de entrada de la casa.

Entró y observó lo bien cuidados que estaban el césped y las flores, parecía un bosque con tanta variedad de plantas. Sin duda, tenía instalado riego por goteo, o quizá se podían permitir pagar a un jardinero para que se encargara del mantenimiento. Maldijo en voz baja cuando las gotas del aspersor le mancharon ligeramente los zapatos. Al llegar a la puerta, tocó el timbre y casi al instante se abrió.

—Buenos días, no esperaba ningún paquete. ¿Quién lo manda?

—Buenos días. En realidad, no es ningún paquete. En realidad, no he venido a entregarle nada. He venido a matarle. He venido a matarte, Evan —dijo Andrew mientras sacaba un revólver del calibre 45 de la bolsa—. Ni siquiera te acuerdas de mí, ¿verdad? Han pasado muchos años, pero deberías saber quién soy. Yo a ti no te he olvidado, me has acompañado cada día, cada hora, cada minuto de mi asquerosa vida.

—Pero, pero... ¿Quién es usted? ¿Qué está diciendo? ¡Está loco!

—Soy yo, Andrew Sheperd.

—¿Andrew Sheperd? ¿El Andrew Sheperd del colegio?

—El mismo. El tipo al que arruinaste la vida.

—¿Perdone? ¿Que yo le arruiné la vida? ¿Cuándo? ¿Cómo? Si casi no hablamos ni una palabra...

—Lo sé, lo sé. Tú eras el guapo, el apuesto, el atleta, el tipo que todos queríamos ser, el triunfador, el que siempre estaba rodeado de gente, el que nunca estaba solo. Yo era el que deambulaba de un lado a otro sin detenerse para no dar la sensación de no tener a nadie con quien estar. Era la sombra que quizá veías al fondo de la clase, la silueta borrosa que metía sus cosas en la taquilla vecina a la tuya, el tipo al que nadie recuerda, el hombre sin nombre cuando repasas la orla amarilleada por el paso del tiempo. Soy alguien que no fue. Nunca recaisteis en mi presencia, no hubo unas palabras de aliento cuando me caía haciendo deporte, ni una mano que me ayudara a levantarme, jamás se me invitó al baile de fin de curso. Soy el que escuchaba cuchicheos y risas amortiguadas por las manos cuando pasaba delante de un grupo de chicas, el blanco de ninguna mirada. ¡Maldita sea! No fui nadie y he seguido siéndolo toda mi vida. Pero a eso me acostumbré: a no llamar la atención, a vivir sin estar. Lo que no puedo perdonar es lo que me hiciste. Recuerdo a todas las chicas mirándome, señalándome, con caras que expresaban repugnancia, caras nauseabundas. Y tú alentando a los demás para que te ayudaran a tirarme en el suelo y andar como un perrito por el campus.

—Han pasado cincuenta años. Éramos unos...

—Cállate, no hables —interrumpió Andrew—. Como no tenías suficiente le dijiste a Phil que me ordenara que me quitara los calzoncillos y me los pusiera en la cabeza. Y así me tuviste un buen rato, no recuerdo cuánto, pero para mí fue una eternidad.

—Pero, Andrew, de verdad, en aquella época yo era un imbécil, un completo estúpido... Te pido perdón —balbuceó un Evan que ya se había dado cuenta de que el grado de locura de su antiguo compañero era preocupante.

Empezó a hacer cálculos sobre la hora a la que llegaría su mujer, de si ese día tocaba visita de alguno de sus hijos, pensó incluso en el cartero. Todas las posibilidades pasaron por su cabeza a una velocidad endiablada. Intentar arrebatarle el arma se antojaba muy complicado, le separaban unos dos metros y los tres escalones de subida al porche. Dispararía antes de que pudiera llegar a él.

—Me da igual lo que digas. Sólo importa lo que hiciste: me robasteis la vida. Cuando me levanté del suelo, habías tirado la ropa y tuve que atravesar todo el colegio desnudo, caminar por la ciudad con las manos puestas en los genitales. Los coches tocaban el claxon, me tiraban cosas, me insultaban. Eso no se supera. —Mientras hablaba Andrew seguía apuntando a su antiguo compañero.

—¡Teníamos quince años! ¡Éramos unos críos, no sabíamos lo que hacíamos, de verdad!

—Desnúdate —ordenó Andrew.

—¿Qué?

—He dicho que te desnudes.

Evan comenzó a desnudarse hasta quedarse en ropa interior y dejar al descubierto un cuerpo que ya no era el del atleta que enamoraba a todas.

—Ponte a cuatro patas, como un perrito, y empieza a dar vueltas por el jardín —sentenció Andrew.

Evan obedeció y estuvo un buen rato paseando por el jardín, asustado, llorando. Hubo un momento en el que el miedo hizo que se orinara encima.

—¡Ahora quítate los calzoncillos y póntelos en la cabeza! —le gritó Andrew.

Evan obedeció y así estuvo otro rato.

Al ser un barrio residencial con parcelas individuales nadie advirtió lo que estaba sucediendo. El silencio de aquella mañana sólo se interrumpió con el estruendo de los dos disparos: un sonido que recorrió la urbanización de un lado a otro. La asistenta que había abierto la puerta llegó apresurada al jardín y empezó a gritar.

Andrew se sentó tranquilamente, el agua le caía sobre la cara y empapaba su traje. Observó el rostro desfigurado de Evan. «Tenía su merecido —pensó—. Ahora estaban igualados».

La cena

Le hablaba, pero él no podía concentrarse en sus palabras, no seguía la conversación más que con un leve movimiento de cabeza que nunca expresaba afirmación o negación, por si acaso le comprometía. Al no escuchar, una respuesta en un sentido o en otro podía ponerle en una situación incómoda. En este y otros casos siempre optaba por un leve e inofensivo balanceo corporal, algo neutro, aséptico, parecido al de los barcos cuando están amarrados a puerto: se mueven pero no se desplazan. Miraba, pero poco más, todo su esfuerzo era intentar averiguar con quién estaba hablando, quién se escondía detrás de esa boca. Por el principio de la conversación intuía que tiempo atrás habían sido bastante amigos, debieron de jugar juntos al fútbol y compartido alguna que otra noche interminable. Pero como había dejado de escucharle no podía cristalizar su imagen en el pasado. Todos sus sentidos estaban puestos en la cara que tenía enfrente, en escrutar cada centímetro de piel en busca de pistas.

Aparentar que sigues una conversación es mucho más complicado que seguirla, requiere una gran destreza para ser capaz de desconectar, pero también de estar atento a cualquier posible pregunta del rival, a cualquier silencio que requiera una interactuación verbal. Por eso, mientras uno elucubra sobre la identidad del oponente, debe dejar un puñado pequeño de su cerebro destinado a captar posibles interrogantes, olfatear las pausas largas del oponente, rellenando los silencios con nada, con una nada que no comprometa, que no implique que el otro responda, una nada inofensiva, débil.

Pasados diez minutos de monólogo, se acercó Pilar y les dijo que ninguno de los dos tenía pegatina.

—Una para ti, Antonio Crespo Balbuena. Y otra para ti, Álvaro Fernández Gómez. Así no habrá confusiones, que llevamos mucho tiempo sin vernos y todos hemos cambiado, y a veces cuesta reconocerse o acordarse de con quién hablamos. De esta manera, sólo tendremos que echar un ojo al papelito para saber a quién tenemos enfrente —dijo Pilar.

—Claro... Bueno, en este caso no, porque somos amigos desde pequeños, pero hay gente a la que no pongo nombre ni apellido —replicó Álvaro mintiendo piadosamente.

Los dos se miraron con disimulo las respectivas pegatinas para volver a cotejar los nombres.

«¡Madre mía! Si es Antonio Crespo... —pensó Álvaro—. Pero si está irreconocible. Es como si Antonio se hubiese comido a Antonio. Es Antonio al cuadrado». No habría adivinado nunca que era él. En veinte años, aparte de multiplicarse por dos y perder por el camino todo el pelo, le había cambiado mucho la voz. Sonaba aflautada, aguda, con un timbre impropio de ese cuerpo, era como si para encontrar el camino de salida esa voz necesitara hacer un recorrido muy largo que la hace llegar exhausta y salir casi sin fuerza.

Antonio Crespo y Álvaro Fernández fueron compañeros de pupitre e inseparables durante la EGB. Los dos vivían cerca del colegio. Su infancia transcurrió en la misma acera, esa que convertían en un campo de fútbol antes de que abrieran el colegio. Pasaban la vida el uno en casa del otro, compartían confidencias intrascendentes. Crecieron juntos y la vida los fue separando de forma natural, sin traumas: primero las chicas, luego ciencias o letras, más tarde tener que elegir estudios universitarios, diferentes ciudades, diferentes intereses, diferentes destinos. Ahora tenían que mirarse la pegatina para identificarse.

Hay momentos en la vida en que uno cree que es imposible que se rompa una amistad, no concibe el día a día sin el amigo con el que inventa refugios imaginarios donde resguardarse del mundo de los mayores. Pero, de repente, algo quiebra esa convivencia; puede ser la cosa más nimia, el más absurdo de los cambios. Desde que a uno le crezca el bigote primero hasta que te interese una chica demasiado pronto. Un detalle.

La idea de organizar una cena de la promoción del 74 la tuvo Pilar. A través de las redes sociales hizo una convocatoria más o menos formal y la gente fue apuntándose de manera ordenada. Álvaro entraba de vez en cuando en su ordenador para ver la gente que había confirmado su asistencia. En ocasiones se metía a husmear las fotografías de los perfiles para situar en su pasado a tanta gente. A muchos no los ubicaba, su recuerdo aparecía nublado. Las caras que guardaba su memoria no se parecían a los rostros que le devolvía el ordenador. Cuando los asistentes llegaron a sesenta, y empujado por Fran, con el que mantenía contacto, decidió dar el sí quiero a lo que, sin duda, iba a ser una noche llena de reencuentros.

En sus años de colegio los cursos se dividían en tres grupos: A, B y C. Álvaro estuvo hasta octavo en B, luego, al pasar al BUP, los repartieron. La dispersión fue traumática, pero la atenuó un aliciente: las chicas. Vetadas en la pubertad, siempre habían estado separadas por una reja y los más lanzados entablaban conversaciones con ellas como las entablan los reos. Estaban condenados a verse, pero sin tocarse.

El choque con el sexo contrario fue de los cambios más grandes de su vida. De repente, tenía que relacionarse con alguien que parecía que hablaba en otro idioma, que pensaba de forma extraña, que sentía de otra manera: convivir con seres con los que, excepto en casa, no había tratado. Aprender a descifrar las miradas, las palabras dichas entre líneas, el lenguaje gestual. Menos mal que para aquel entonces ya había pegado el estirón y crecido unos cuantos centímetros, si no habría corrido el riesgo de convertirse en su mascota, como le ocurrió a Pedro, el llavero de todas, el pañuelo de algunas.

Elena, Fuensanta, Eva, Inma, Ana, Marisa y Andrea, además de la propia Pilar, se convirtieron a partir de entonces en parte del paisaje diario. Veinte años después no mantenía relación con ninguna, ni siquiera con Elena, que había sido una de sus primeras novias: ésa a la que robaba besos en el portal de su casa y que provocaba que llegaran enormes facturas de teléfono, cuando los teléfonos tenían hilo. El entontamiento de la edad hizo, contra la voluntad de sus hermanas y de su madre, que unas Navidades se gastara todos sus ahorros en un reloj. Ella le dejó cuatro días después.

Todas habían ido a la cena, todas estaban allí. Ahora se trataba de hacer como en el colegio, romper el hielo, acercarse sabiendo que no había barrotes de hierro separándolos.

Siempre había creído que se conservaba bien para los años que iba cumpliendo, no se identificaba con el físico de los chicos de su edad, a los que veía avejentados, canosos, paseando carritos de bebés, vestidos siempre de traje y hablando de mujeres de otros en los cafés de la mañana. Ahora se daba cuenta de que algunos de sus amigos de entonces mantenían el tipo tanto como él.

Estaba Joaquín: ojos tristes, mirada triste, cara triste. Lo último que supo de él fue a raíz de la muerte de su hermana, una chica preciosa, tres o cuatro años menor que ellos, que decidió acabar con su vida un día de verano tirándose desde lo alto del esqueleto de un edificio en la playa. Aquella noticia conmocionó al barrio. Como desde que sucedió no había vuelto a ver a Joaquín, le parecía que su tristeza era la misma que la de hace doce años. El tiempo pasado en paralelo era inexistente, porque ni siquiera había pensado en él. Así que, al tenerlo delante, todo parecía que había ocurrido la víspera. Como si no hubiese habido duelo, como si las heridas siguieran en carne viva. Álvaro le habló a Joaquín con la prudencia con la que había hablado hacía doce años, hasta que se dio cuenta de que la realidad de Joaquín era otra. Vivía feliz con su pareja, tenía una niña de dos años que le robaba el tiempo, regentaban una panadería artesanal cerca del colegio donde estudiaron y, por su forma de hablar, el dolor de perder a una hermana estaba encerrado en algún lugar del que imaginaba que sólo salía de vez en cuando para golpear.

De repente, se acercó Martínez, el guapo de la pandilla, el primero en todo: en fumar, en drogarse, en acostarse con una chica, en tener moto y también el primero en fracasar. Se abrazaron como se abrazan las personas que no se ven desde hace siglos y después de un breve y cortés intercambio de palabras, Martínez empezó a maldecir a Julia. No podía ser, había terminado con Julia, la niña mona de familia bien por la que suspiraba medio colegio. La primera también en todo: en clase, en vestir, en viajar. Cuando acabaron el colegio se encontraron en un bar de Londres, donde ella aprendía inglés y él intentaba buscarse la vida, y se enamoraron.

—Julia es una zorra, va a terminar conmigo, tengo que pagar la casa donde yo no vivo, por cada moco me saca un ojo de la cara y encima quiere que los vea únicamente una vez al mes. Pero ¿qué se ha creído? —gritaba Martínez.

Evidentemente, no les había ido bien. Odiaba esas escenas, y sólo se le ocurrió decir una cosa.

—¿Viene Julia esta noche?

Martínez apuró el cigarro, le fulminó con la mirada y dijo que si se le ocurría pasar por allí, no sabía lo que sería capaz de hacer.

Con la excusa de ir al baño aquel minigrupo se disolvió. Mientras se entretenía apuntando al dibujo de una araña en el urinario escuchó un grito.

—¡Álvaro Fernández! No me lo puedo creer, eres tú, ¿verdad, Álvaro?

Lo primero que pasó por su escrupulosa cabeza fue trazar un plan para lograr no darle la mano hasta que no se las hubiese lavado. Después se preocuparía de averiguar su identidad. Hábilmente, logró alcanzar el lavabo.

—¡Espera, hombre, que me lave las manos, para darte un abrazo como mereces! —exclamó Álvaro.

El hombre captó el mensaje y se acercó también a la jabonera. En esos pocos segundos pudo echar un vistazo fugaz a su pegatina.

«Iván Ramis, no me lo puedo creer». Iván era el tipo por el que le había dejado Elena, un cretino integral, un pijo redomado, la persona que más había odiado durante años.

—¡Hombre, Iván! ¡Cuánto tiempo! ¿Cómo estás, tío? ¿Cómo te va la vida? —dijo Álvaro.

—¿Qué tal? Muy bien, soy economista, tengo una empresa que se dedica a la compra y venta de acciones, ya sabes: dinero por aquí, dinero por allá, alguien pierde y yo siempre gano —contestó entre risas sin venir a cuento.

—¡Ah, qué bien! Suena interesante. Bueno, pues nada, encantado de verte de nuevo. Un abrazo —respondió Álvaro.

—¿Cómo que un abrazo? Vamos a mojar esto, nos tomamos unos chupitos y celebramos el encuentro. Que la noche promete y podemos recordar viejos tiempos con alguna. Acuérdate de los que nos bebíamos antes, uno tras otro y mezclando todo, y si nos entraba angustia, íbamos al baño, nos metíamos el dedo, vomitábamos y seguíamos.

Iván, el imbécil de Iván, al que no le faltaba razón, quería hacer presa, probablemente nadie se había acercado a hablar con él, así que tocaba trazar una nueva escapatoria. Estas cenas, seguido de bodas, bautizos y otras celebraciones, requerían de grandes dosis de habilidad y sangre fría para zafarse de contrincantes en cualquier momento. Además, el alcohol viajaba ya camino de la cabeza y en cuestión de minutos iba a empezar a enturbiarle la razón.

—Vale, Iván, ve pidiendo esos chupitos mientras busco a Joaquín, que le prometí que tomaríamos algo juntos —le dijo Álvaro.

El primer asalto estaba salvado, pero era sólo un aplazamiento, retrasar el infortunio, el bochorno, las ganas de pegarle la hostia que no le había pegado cuando eran unos críos. Era consciente de que volvería al asalto.

Al cruzarse con Pilar, ésta, en su papel de perfecta anfitriona, le preguntó que cómo iba la noche y que si había cenado lo suficiente, y le entregó un papelito canjeable por una copa. En todas las promociones hay alguien como Pilar, altruista por naturaleza, encantada de encargarse de la infraestructura de cualquier operación, necesariamente mandona para que todo salga bien, con un punto de ingenuidad creyendo que su papel es vital esa noche y buscando el reconocimiento en cada conversación. Álvaro sabía que nada la haría más feliz que la frase que iba a pronunciar.

—Oye, Pilar, de verdad, ¡qué bien ha salido todo! La cena estupenda, el sitio maravilloso. Ha sido un completo acierto, deberíamos repetir al menos una vez al año. —Lo soltó de la forma más convincente que pudo, incluso con un punto de emotividad que hacía más auténtica la sentencia.

—Jo, muchas gracias, Álvaro, es estupendo que hayas podido venir viviendo lejos. Una pena que no haya podido venir Elena, pero se le ha puesto un niño malo.

«Un niño malo, barata excusa», pensó Álvaro mientras Pilar seguía con su discurso de doña perfecta.

—Pero la verdad es que veros a todos aquí tanto tiempo después hace que el esfuerzo de estos tres meses se vea recompensado.

Pilar había sido de las que más le habían apoyado cuando sus padres se divorciaron. La que más vio el problema que supuso, la que le hizo verbalizarlo, porque en aquellos años un divorcio era un manchón, una vergüenza, algo que no se hacía público. Ese acontecimiento quebró su adolescencia y cosas tan simples como invitar a un amigo a dormir a casa se convirtieron en una tortura. Todas las novias que vinieron luego siempre le decían que en eso estaba la raíz de su aversión a las muestras de cariño. Le sometían a un constante psicoanálisis intentando bucear en su frecuente ataraxia, en una aparente frialdad que él siempre identificaba como pudor. El mismo pudor que le daba asistir a esa cena, chocar con el pasado, empezar conversaciones de cero o empezarlas donde se habían quedado hacía veinte años. ¿Cuáles habrían sido las últimas palabras que había dicho a muchos de ellos? ¿Qué conversaciones no se habían cerrado? Eran años de superficialidad, de no querer saber más de lo necesario, de fachadas llenas de grietas.

Le gustaba imaginar el poder que tendría si pudiese viajar a aquella parte de su existencia con la mochila cargada de la experiencia de hoy.

Empezaba a hacerse tarde, la noche agonizaba. Pidió otra copa que le tocó pagar de su bolsillo. Iván alzó la suya desde el otro lado de la barra en un brindis imaginario.

—Gilipollas. Cretino —mascó entre dientes Álvaro.

Le hizo aspavientos para que fuera con él mientras señalaba con los ojos a Marta, una chica con la que Álvaro jamás había intercambiado una palabra. Había llegado a mediados de curso, en segundo de BUP, con el estigma que entonces tenían los que se presentaban a mitad de año a una clase. Casi siempre solía ser por un reciente traslado familiar a la ciudad, aunque la mayoría pensara en realidad que la chica era una fresca y por eso la habían tenido que sacar de su anterior colegio. Sonrió pensando en lo tontos que eran y en la cantidad de prejuicios que arrastraban.

Evitado Iván, se quedó en un rincón del bar, observando con perspectiva la escena, agazapado para que nadie le molestara. Ayudado por el alcohol, viajó en el tiempo, empezó a verles con las caras que tenían a los dieciocho años, cuando todo era una sueño por cumplir. Se fijó en Fuensanta y lo mal que lo pasó cuando se quedó embarazada, el viaje en coche con ella y Alfredo a una ciudad cercana para que pudiese abortar. Las lágrimas a la vuelta, la indefensión que sintieron. A Alberto se le fue la mano con las drogas, siempre al límite, cada fin de semana duraba lo que duraba el subidón de una pastilla, por suerte, logró separarse a tiempo de aquello y, con mucho esfuerzo, rehacerse. A Marisa y a Tomás siempre les fue bien, desde el colegio eran la pareja ideal, lo suyo era un futuro cantado, planeado, lleno de acordes afinados e hijos que estudiaban en escuelas bilingües. Y ahí estaban, bailando agarrados como si estuviesen en las fiestas del colegio, como si la vida se hubiera detenido en aquellas primaveras llenas de feromonas. A alguno de ellos les había traicionado el destino, muchos creyeron, en aquellos días azules, que el futuro era otra cosa, o simplemente no pensaban en ese futuro. Eran años en los que sólo preocupaba ser capaz de exprimir el momento. Cada minuto era una aventura. Aunque la aventura consistiera en sentarse en el portal de alguno a planear el fin de semana.

Aquella era su exvida, sus primeros años. Nada queda de lo que fue.

Cuarenta y cinco minutos

Cuarenta y cinco minutos: ése fue el pedazo de vida que Marcos pudo compartir con su hija. Ése fue el tiempo en el que los dos coincidieron, el único momento en el que se cruzaron sus caminos. Él apartó la mascarilla de oxígeno de su cara para poder respirar el mismo aire que ella, la observó detenidamente y empezó a llorar sin consuelo. Eran lágrimas de impotencia, de rabia, de pena, de la más grande de las penas. No iba a poder estar con ella cuando diera sus primeros pasos, ni cuando balbuceara sus primeras palabras; no iba a llevarla al colegio nunca, ni la acompañaría a clase de dibujo; no tendría ningún día del padre y no podría quedarse esperando en la ventana, preocupado, a que algún chico, que probablemente también acabaría de nacer, le robara el primer beso. Todos esos sitios futuros eran lugares inhabitables para él. De hecho, esos cuarenta y cinco minutos eran un préstamo que le habían otorgado, un engaño al destino. Eran minutos furtivos que no le pertenecían.

Era un 18 de enero. Empezaba un año que para Marcos estaba a punto de terminar. Los médicos le habían dicho que alcanzar febrero sería una hazaña y la primavera, un milagro.

Hacía poco más de ocho meses que Ana había salido del baño con un test de embarazo en la mano. Emocionada, se acercó a él y le mostró el pequeño, casi insignificante, redondel rosa que tanto habían buscado. Se abrazaron conscientes de que era cerrar el círculo, la circunferencia perfecta. Su vida era en ese momento como esos dibujos de los cuadernillos infantiles en los que hay que unir muchos puntitos para que se vea la figura. El punto rosa que acababan de descubrir era el que daba sentido a esa silueta, como si todos los pasos previos cobraran significado.

Desde que supieron que sería una niña se dedicaron a acondicionar una de las habitaciones del piso que habían comprado tres años antes. Lo que les había conquistado de aquella casa fue la luz, el sol que la atravesaba desde el salón hasta la cocina, abriéndose paso por todas partes. Siempre recordaban el día que negociaron con el antiguo dueño, un hombre hecho a sí mismo —quizá demasiado hecho a sí mismo—, que les contó que el edificio, propiedad de su familia, tenía cerca de cien años y que durante la guerra había sido el único de la manzana que se había mantenido en pie. Sus muros eran, o eso decía, indestructibles, a prueba, nunca mejor dicho, de bombas. Además, su piso, les dijo, con un puro en la boca y la arrogancia en la cara, era un botijo, mantenía el fresco en verano y el calor en invierno. Les hizo gracia esa explicación. En su caso, además del frío y del calor, se propusieron que los aislara de un mundo que, ventanas afuera, era hostil. Cada vez que entraran y echaran la llave a la puerta, quedarían a salvo. Era su refugio, su cabaña, como esas que se construyen en veranos ya olvidados, en esos veranos de sol sin protección, bicicletas sin marchas y días interminables; cabañas dibujadas con tiza a la sombra de un árbol por las que no hay que pagar hipoteca.

El caso es que desde entonces llamaron «botijo» a aquellos poco más de noventa metros cuadrados que durante mucho tiempo serían del banco que había en la esquina. E incluso en uno de sus viajes por el sur del país compraron uno de verdad que descansaba discretamente en una estantería de la cocina.

No querían para Marina una habitación clásica de niña, no les apetecía que el rosa lo inundara todo. A Marcos, siempre maquinando, se le ocurrió ampliar una de las últimas ecografías, en la que ya se adivinaba con bastante claridad a la nena. Sería su primer retrato, su primera fotografía. La colgarían del cabecero: con las técnicas que hay ahora, que se pueden hacer en color y en tres dimensiones, sería bonito.

Cada tarde, apoyado sobre la barriga de Ana, le leía algún cuento a Marina. Estaba convencido de que de esa manera la niña saldría mucho más interesada por la lectura que por las maquinitas y que además eso ayudaba a que se relajara allí dentro. De los cuentos pasaba a los poemas: unos versos no podían más que sumar en la formación prenatal que se había propuesto impartir cada tarde a la niña; eran como sus primeras clases particulares. Marcos se informó bien de todo. El doctor les explicó que, aunque no existía una base científica, sí es cierto que los bebés escuchan cuando el embarazo está bastante avanzado. No oyen con nitidez, porque la barriga también es una especie de botijo que protege del exterior, pero son capaces de distinguir sonidos. Lo primero es la voz de la madre, luego la del padre, y, así, hasta son capaces con el tiempo de recordar una canción. Marcos, además, dedicaba horas y horas a buscar información en internet y leía en foros las canciones que podían ser más aconsejables o el tipo de libros que debía leerle a Marina.

Así que el curso consistía, primero, en unos diez minutos de charla libre sobre la actualidad familiar, para que supiera quién era cada cual —abuelas, abuelos, tíos, sobrinos, primos e incluso amigos muy cercanos—. Después tocaba clase de literatura —leer con claridad algún fragmento de un libro o recitar un poema— y, al final, una canción. Una de sus metas era que la niña no saliera con dudosos gustos musicales. Todo, menos eso. No podría soportar que le pasara como a la vecina del cuarto, que, llegado el verano y con las ventanas abiertas, se ponía todo tipo de música inconsistente, ligera, sin sentido, que trepaba por el patio de luces hasta destrozar cualquier tímpano que se interpusiera en su camino. Esos días, calurosos ya, no dejaba de berrear una canción de no sé qué banda que habían puesto de moda unos futbolistas al bailarla en la celebración de sus goles. Aquello no era culpa de la chica, era culpa del padre, sin duda; por eso le tenía un poco de manía y lo miraba con pena y un poco de mala leche cada vez que coincidían en el ascensor.

Hacía ya unos días que Marcos, al recostarse para darle a Ana un beso en la barrigota, se retorcía de dolor. Eran pinchazos secos y fuertes que pensaba que le iban a atravesar el estómago. Al principio no le dio importancia, no era suficiente malestar como para sacrificar esa hora del día en la que se quitaba su disfraz de economista y se dedicaba a la enseñanza. Serían gases, o malas digestiones, quizá una ciática o alguna mala postura. Pero una tarde el pinchazo le dejó clavado. Incapaz de enderezar el rumbo de su cuerpo, de recuperar la verticalidad, se tiró en el suelo y, agarrándose la tripa, se mordió la lengua para evitar llorar. Ana se asustó tanto que directamente llamó a una ambulancia. Se abrazó a él hasta que sonó el timbre de la puerta.

En el hospital le hicieron todo tipo de pruebas, confirmando lo que nadie quería confirmar y pronunciando la palabra que nadie quería pronunciar y mucho menos escuchar. Lo llevaba en los genes, siempre había estado ahí, aletargado y agazapado, esperando paciente a asestar el golpe. Y lo hacía en el peor momento posible. Dos meses, no le quedaba más tiempo. Estaba devorado por dentro.

Lo primero que preguntó era si iba a poder seguir dando sus clases. Los médicos le miraron extrañados hasta que Ana se lo explicó. La academia de literatura y música se trasladaba oficialmente al hospital. Ana no podía dejar de llorar cada vez que escuchaba un verso salir de su boca, cada vez que volvía a poner una o dos canciones nuevas, antes de volver a escuchar los tres la que habían decidido que sonara el día del nacimiento para que se sintiera como en casa. Era una canción llamada *She,* cantada por Elvis Costello. La habían escuchado en una película ambientada en Londres y sonaba cuando la pareja protagonista se sentaba en un banco de un pequeño parque privado y ella, embarazada, se recostaba sobre él. Esa canción siempre era el bis en aquellos conciertos de tarde, incluso alguna vez la repetían si Marina soltaba pataditas. Lo interpretaban como un «otra, otra». Sonó tanto la canción que en el hospital era frecuente oír a enfermeras o enfermeros tararear o silbar la melodía. De alguna manera, se había convertido también en la banda sonora de todo el recinto.

Las visitas eran frecuentes. Aparecía la madre de Marcos, que intentaba aguantar sin derrumbarse aunque fueran unos minutos. Llegaba con la cara tan desencajada, con los ojos tan hinchados que daba la sensación de que el de su hijo no sería el único funeral. Iban los hermanos y los sobrinos, muy pequeños, que aportaban algo de naturalidad al ambiente, con preguntas muy directas, como si es verdad que se iba a morir, o por qué se le había caído el pelo o si les llevaría a ver un partido cuando saliera de allí. Los niños pasaban de la muerte al fútbol sin transición alguna.

Los padres de Ana se habían mudado a la ciudad para estar cerca de su hija, a pesar de que ella sólo quería estar cerca de Marcos, quería respirar cada minuto con él. Su madre iba cada mañana a ponerle una vela a un santo que aseguraba que siempre se había portado bien con la familia. Y en los momentos en los que Ana dejaba la habitación, madre e hija se abrazaban llorando sin consuelo mientras su padre contemplaba la escena con la mirada más triste que se podía tener y preguntándose por qué les había pasado a ellos, por qué justo en ese momento, por qué de todas las parejas que hay en el mundo le tocaba a la de su niña, por qué su yerno no iba a poder enseñar a Marina lo que él le había enseñado a Ana, por qué no iban a construir juntos barcos de papel. Eran demasiados porqués y ninguna respuesta.

Un día, en el comedor del hospital, mientras comía, se acercó a Ana el médico que llevaba el caso; un doctor amable, muy involucrado, al que se le notaba la emoción cada vez que entraba en la habitación y escuchaba a Marcos hablar con Marina. Le dijo que su marido se apagaba, que el hombre que hasta hace tres meses era un torrente de vida estaba a punto de irse, que el final estaba tan cerca que casi con toda seguridad no podría conocer a la niña, pero también le dijo que existía una solución, un consuelo dentro del desconsuelo: podían adelantarle el parto unos quince días para que al menos padre e hija coincidieran un tiempo, para que ella pudiese saber quién era el profesor al que debía versos y canciones. El doctor le aseguró que no existía el más mínimo riesgo y Ana, sin dudarlo, aceptó.

El 18 de enero, ocho meses y quince días después de aquel circulito rosa, de aquel mes de mayo en el que sólo cabía la felicidad en su botijo, cuando se creían inmunes al calor de fuera y parecía que nadie podía infligirles dolor, nació Marina.

Después de comprobar que podía aguantarla en brazos, Marcos le pidió a todo el mundo, menos a Ana, que salieran de la habitación, que le dejaran a solas con Marina unos momentos. Acercó los labios a su cara y, casi sin fuerzas, empezó a cantar una canción, su canción, la de bienvenida...

She may be the reason I survive
The why and where for I'm alive
The one I'll care for through the rough and many years
Me I'll take her laughter and her tears
And make them all my souvenirs
For where she goes I've got to be
*The meaning of my life is she, she, she...**

---

* *Ella puede ser la razón por la que sobrevivo, / el porqué sigo vivo y donde vivo, / lo único que me importará en los malos tiempos y con el correr de los años; / para mí serán su risa y sus lágrimas, / y las convertiré en mis recuerdos más preciados, / porque donde esté ella tengo que estar yo. / La razón de mi vida es ella, ella, ella...*

Efímeros

De repente te das cuenta de que eres un recuerdo borroso, alguien a quien se evoca de vez en cuando, un tema de conversación, una fotografía guardada en el fondo de algún cajón; has existido, eres pasado, todo es ayer, todo es parte de la memoria, y poco a poco en torno a ti se ciñe el olvido, un olvido que te acaricia y te envuelve hasta dormirte por completo y dejarte en un limbo donde no sabes qué papel juegas.

Alberto había muerto cinco años atrás y se encontraba en ese lugar. Sus huellas parecían borrarse de una manera natural, despacio, sin hacer ruido, como una consecuencia del paso del tiempo. Antes de que se refirieran a él con pretéritos, estaba presente en cualquier reunión; sus amigos le echaban en falta casi a diario, en el bar, en el partido de fútbol, en los viajes que hacían una vez al año sin las chicas. Pero ahora se habían acostumbrado a que no estuviese.

Por supuesto, no les echaba en cara nada: era lo normal. La vida te prepara para asimilar golpes y superarlos poco a poco. Alberto tenía grabada la imagen de Fernando y Elio rotos de dolor en su funeral, deshechos, como si no fuese posible recuperarse de aquello, como si no existiese un mañana. Pero Fernando y Elio se casaron con sus novias de siempre. Elio tuvo un crío, y de alguna manera esa criatura sirvió también para paliar el daño. Los dos reconstruyeron su vida, los dos reinventaron sus días sabiendo que Alberto no estaba. Ya casi no hablaban de él, salvo en aniversarios y en momentos muy concretos, como al cruzarse con algún familiar. El tiempo fue cicatrizando esa pérdida.

Almudena llevaba un año, diez meses y catorce días saliendo con un chico. Alberto estaba almacenado en algún rincón de su cerebro. Surgía en el momento más inesperado, pero ya no se le quebraba el alma al acordarse de él. También, de forma gradual, se había ido atenuando su figura, y a día de hoy le costaba recordar con claridad su rostro. La sensación casi casi era la que se tiene años después de una ruptura. Al pasar un espacio de tiempo razonable después de una separación, salvo que sea de forma muy trágica, uno se acuerda de la otra persona de forma casi casual y esporádica, por alguna vivencia compartida, o por la fecha de cumpleaños, pero ese recuerdo no es doloroso, es, cómo decirlo, normal, incoloro, incluso a veces agradable. El otro se convierte en una isla remota situada en algún lugar de la memoria, en un puñado de besos que se dieron. Y cuando piensas en lo que será de esa persona, y te viene a la mente, le pones la cara de años atrás, como si siguiera viviendo en aquel momento y no hubiera envejecido o engordado, o se hubiese cortado el pelo.

Para Almudena, durante los tres primeros años de ausencia, Alberto siempre iba de la misma manera: con su vaquero desgastado, una camiseta azul con cuello ancho y estrellas en los bolsillos, unas zapatillas de deporte que ella le trajo de Japón y barba de dos días. Si cerraba los ojos, se le aparecía de esa forma. Y cerraba los ojos muy a menudo.

Cuando Alberto vivía, ya le había comentado todo esto a Almudena. Le había dicho lo insignificantes que somos, lo poco que duramos y cómo, a pesar de ser algo inevitable e incluso saludable, una vez muerto alguien, su rastro se va difuminando de forma sigilosa. Su teoría, que ahora estaba siendo demostrada, era que a pesar de la presencia capital en la vida del otro, nuestro cuerpo o nuestra cabeza activa un protocolo para regenerarse cuando sabemos que alguien no volverá.

Y eso a pesar de que te acostumbras a despertarte con su mirada, a desayunar con su silencio o su complicidad, a entender cada gesto y cada suspiro, a tener cada día tu parte del sofá asignada, a adivinar su presencia por la forma de pisar, a sentir su llegada unos segundos antes por su olor. Los dos seres se entremezclan, se confunden el uno con el otro, y la persona con la que compartes tus miedos y tus alegrías es una extensión de tu ser. Sabes que está y eso te hace sentir más seguro.

Cuando Alberto murió, además de una pena tan profunda que parecía no tener fondo, Almudena tuvo la sensación de que él estaba de viaje, una especie de vacío temporal. Durante un tiempo presintió que en cualquier momento regresaría y todo volvería a ser normal, entendiendo por normalidad algo parecido a la perfección.

A Almudena no le gustaban nada esas conversaciones, pero él insistía en tenerlas. Decía que si él muriera, llegaría un momento en que ella invadiría de forma inconsciente el otro lado de la cama, y que probablemente otro día desinstalaría ese horrible aparato de sonido que él había puesto en el salón, y ya no le buscaría con los ojos dormidos mientras tomaban el primer café, ni esperaría que la despertara de repente a primera hora secuestrándola de sus sueños.

Desde el lugar en el que se encontraba ahora, Alberto sonreía al verla con Alejandro. Se habían vuelto inseparables. Era amor en estado puro, casi de adolescentes. Se dejaban notitas por la casa, se mandaban constantemente mensajes al móvil, no paraban de besarse en cuanto la oportunidad se presentaba. Y no era producto de la efervescencia de los comienzos, había pasado ya un año: simplemente, les salía de dentro. Se preguntaba qué habría pasado si él siguiese vivo, y le entró la terrible duda o sensación de que para que ella encontrara el amor de su vida había sido necesaria su muerte. De lo que no le cabía la menor duda era de que al principio Almudena seguía enamorada de él, pero estaba enamorada de algo inmaterial, de algo que no podía tocar, con lo que no podía hacer el amor ni discutir, ni abrazar, enamorada en el amor más imposible que existe.

El día del accidente Alberto no iba a salir de casa, pero a última hora decidió ir a recoger a Almudena al aeropuerto, no quería que fuera cargada con la maleta por el metro, así que le mandó un sms. Él ya estaba muerto cuando el avión aterrizó y ella sonrió al encender el móvil y encontrar el mensaje: «Estoy donde siempre. Deseando verte. Bs.».

Otro de los pensamientos recurrentes de Alberto era ése: ¿cómo es posible que alguien que es tan importante para uno esté muriéndose y mientras estemos pidiendo unos *snacks* a una azafata o leyendo un libro como el que tienen en sus manos, ajenos al golpe tan violento que vamos a recibir pocos minutos después?

Al salir de la zona de llegadas donde tantas veces le había hecho esperar y pasar más de media hora, decidió llamarle. El teléfono estaba apagado. Casi al instante, su móvil sonó. En la pantalla, escrito, «mamá». Se apoyó en la pared y, dejando caer la espalda poco a poco, fue perdiendo la verticalidad, hundió su cabeza entre las piernas y, ante la mirada de otros viajeros, que se reencontraban y abrazaban, se derrumbó. Ahí, desde luego, parecía imposible superar la pérdida o reencontrar la ilusión, que ya hemos visto si se reencuentra.

Donde su presencia no había caducado era en casa de sus padres, sobre todo para su madre. A la mujer se le dibujó la tristeza en la cara hacía cinco años y ahí seguía instalada. Llevaba el poso de la amargura, de saber que nada volvería a ser como fue. Los instantes de felicidad para ella duraban el espacio de tiempo justo entre el momento en que se acordaba de su hijo y el siguiente. Entonces, la existencia se nublaba otra vez. Alberto había llegado a la conclusión de que si seguía en ese limbo era por ella, porque continuaba muy vivo en su madre, y hasta que ella no muriera también, probablemente él no podría partir.

Lo peor fueron las primeras Navidades, todo en torno a la mesa y un hueco irrellenable. Aparecía en casi todas las conversaciones, como si su silla siguiese ocupada; poco menos que les faltaba pasarle la ensalada para que se sirviera un poco. Pero sus sobrinos ocuparon su sitio, con naturalidad, sin traumas, y aparte de la ya mencionada tristeza tatuada en la cara de su madre, sólo una foto en el salón levantaba testimonio de su paso por allí.

Pensaba muchas veces en su abuelo Miguel y en cómo cada minuto de su vida tenía en su mente a la abuela Teresa. Cuando le vio llorar como un niño al morir ella —eso fue cinco años antes de morir él y tres antes de morir el abuelo—, no se pudo hacer una idea de lo que suponía amar en soledad, amar lo que se tuvo. Cada vez que iba a visitarle, le encontraba con el pensamiento perdido, con los ojos posados en ningún sitio. Todos creían que era una consecuencia de la edad y la tristeza, pero su abuelo en realidad estaba instalado en otra vida, en otro lugar, en otro tiempo. Teresa era imborrable, una presencia invisible constante. Ellos dos fueron los únicos que le hicieron replantearse sus descabelladas teorías sobre lo efímero de nuestras pisadas y las huellas que dejan. Nunca se lo contó a nadie, pero el día que murió su abuela escuchó cómo su abuelo le dijo al sepulturero que cuando le tocara a él le enterraran con la cabeza mirando hacia ella. Pretendía verla siempre, estuviese donde estuviese.

Así que llegó a la conclusión de que es más difícil borrar a alguien de la memoria cuanto mayor es la vida en común. Por eso su madre no le dejaba escapar, por eso Miguel lloró a Teresa cada segundo. Lo suyo con sus amigos y con Almudena había sido más pasajero, y, si no pasaba nada, a todos les quedaba todavía mucho futuro por delante para poder recuperarse.

El calendario avanzaba, y Almudena tuvo el hijo que a ellos no les dio tiempo a tener, y la vida fue transcurriendo sin él. «No estamos hechos para ser inmortales», pensó.

Cuando murió su madre pareció que con ella por fin desaparecería para siempre. Pero un día, cuando iba a nacer el niño, Almudena decidió llamarle Alberto, y entonces todas sus certezas en torno al olvido que seremos se derrumbaron.

Martes

María se despertó temprano ese día, desayunó un café rápido con un par de galletas. Fumó el primer cigarro mientras esperaba al autobús que la llevaba al trabajo. El trayecto siempre duraba un par de canciones. Al llegar a la oficina, comprobó que su tarjeta de fichar no funcionaba. Llamó a personal y personal le dijo que la habían despedido. Tenía sus cosas metidas en una caja en la garita del vigilante. Fue un mal martes.

Para Alfredo ese día amaneció, como todos, a las ocho y cuarto. Desayunó un café y un par de tostadas con mermelada de tomate y queso fresco. Se tomó su tiempo, era el único momento en el que podía relajarse un poco, luego la jornada se precipitaba y le faltaban horas. El metro se escapó delante de sus narices. Se sentó a leer el periódico gratuito que estaba tirado en el banco, las noticias de hoy las había visto ayer en la tele. El vagón estaba lleno, sentía el aliento de todos los viajeros, y los perfumes de unos y otros se entremezclaban. Al rato, el tren se detuvo. Por megafonía dijeron que iban a ser evacuados por el túnel, el convoy que iba por delante había descarrilado. Fue un martes con suerte.

Juan no tenía previsto conducir toda la noche para estar en casa temprano, nunca le ha gustado coger el coche con poca luz. Pero quería llegar antes para darle una sorpresa. A las ocho de la mañana subió corriendo las escaleras. Se cruzó con un vecino al que casi no conocía. Abrió la puerta, el sol empezaba a entrar por una de las ventanas del salón. Sin hacer ruido, se acercó hasta la habitación, unos pasos antes se detuvo. Escuchaba jadeos y risas susurradas. Desde entonces maldice ese martes.

Leire se despertó tarde, llevaba tres años sin trabajo y ése sería el primer día en el que no acudiría a su cita en la oficina de empleo. Desayunó algo rápido y se puso el chándal para salir a correr. A la altura del cuarto se cruzó con Alfredo, al que vio muy pálido. No preguntó nada. Al volver, en su portal estaban algunos vecinos reunidos improvisando una fiesta de despedida a la portera. El presidente de la comunidad les dijo que tocaba buscar un sustituto. A Leire se le iluminaron los ojos. Fue un buen martes.

El despertador de Fran sonaba todos los días a las ocho de la mañana. Como si fuera un robot, iba dormido a la ducha. El agua caliente tardaba en salir, él aprovechaba para afeitarse y escuchar la radio. Un andamio se había venido abajo en una obra del ensanche que se estaba construyendo en el sur de la ciudad. Pensó en la gente que por cuatro o cinco euros la hora se acababa de dejar la vida en ese accidente. Hoy le esperaba un juicio duro. Nunca había defendido a alguien al que no creía. Se supone que a un abogado le preparan para eso, para buscar pequeñas grietas en las leyes por las que puede escapar su cliente. Otro día con dilemas éticos, otro martes largo en el que traicionarse a sí mismo.

Doña Pilar siempre bajaba a comprar el periódico a las once en punto de la mañana. Antes, se hacía su café con leche, en el que mojaba dos magdalenas. Luego se aseaba, se peinaba y se echaba sus gotitas de García Álvarez. Salía de casa dos veces al día, ya no tenía la agilidad de antes y con el ascensor roto las escaleras eran una tortura. Agarrada a la barandilla, a la altura del segundo saludó a María, que iba con un caja llena de cosas. Llegó al quiosco, charló con Rosario y después abrió el diario por donde siempre lo hacía, por las esquelas. Empezó a llorar. No sabía siquiera que él siguiera vivo. Enviudó sin haberse casado nunca aquel martes.

Pedro vivía solo y no tenía más preocupaciones que cobrar el cheque que le mandaban cada mes. Así que la hora de despertarse la marcaba el cansancio, el ruido de la radio de la vecina o el calor que hacía en su piso, que, al ser el ático, se hacía insoportable dependiendo de la fecha. Llevaba varias horas desvelado en la cama. La pasión temprana de unos vecinos —intuyó que serían Mónica y Juan— le hizo perder el sueño. En realidad, les envidiaba, tanto tiempo casados y seguían como si fueran novios. Estuvo un rato en internet y, al abrir el correo, sonrió: se iba a lanzar una vigesimocuarta edición de su libro. Había invertido todo su dinero en viajar un año alrededor del mundo para conocer los hoteles con más encanto y más románticos. Ahora, con lo ganado, pensaba volver a salir de viaje para descubrir los cien mejores restaurantes que hayan aparecido en películas. Fue un martes de cine.

El primer alumno no tenía que llegar hasta las doce, por eso a James le extrañó que el telefonillo sonara a las once y media. Todavía sin terminar de arreglarse, preguntó quién era y se quedó paralizado. James había llegado a España seis años atrás después de que le dejaran a un día de casarse. Empezó a dar clases de inglés y alquiló el piso en el que ahora vivía. No tenía ni la más remota idea de cómo le había localizado y, sobre todo, de qué es lo que quería. Pensó todo eso mientras abría la puerta de entrada esperando en el descansillo a que subiera. Escuchó a gente hablar en la portería y a Fátima, la portera, dar las gracias. Y, de repente, ahí estaba. Seguía igual de guapa que hacía tanto tiempo. Se saludaron con un beso en la mejilla que ella intentó acercar a los labios. Suspendió las clases de ese martes.

Jennifer iba una vez por semana a casa de María. Cuatro horas a nueve euros cada una. La mitad del tiempo la invertía en planchar los incontables vestidos que tenía la chica. Nunca coincidía con ella; de hecho, sólo la había visto una vez en la vida. Se comunicaban por notas pegadas con imán en la nevera. Después de planchar se dedicaba a fregar y a ordenar un poco la casa. Mientras terminaba el lavavajillas, aprovechaba para ojear algún libro. Empezó a leer uno que describía los hoteles más románticos del mundo que estaba dedicado por el autor. Fabulaba con poder visitar alguna vez esos sitios de cuento con Daniel, aunque fuera sólo una vez. Encendió la televisión y, al escuchar las noticias, se quedó helada. Hablaban de un accidente en un andamio en la obra del ensanche, en el sur de la ciudad. Tuvo un presentimiento. Salió corriendo. Al llegar a la calle, casi tiró al suelo a una vecina mayor. No hubo un martes peor en su vida.

El niño no les dejó dormir en toda la noche. Tenía fiebre y, aunque no lloraba, se levantaban constantemente para comprobar cómo se encontraba. Era su primer hijo. Elena fue a calentar un biberón, Jaime aprovechó para dar una cabezada de diez minutos. Él se marchó a trabajar, ese día entraba tarde. Ella tenía días libres. Se asomó a la ventana y vio cómo Jaime se paraba a preguntarle algo a doña Pilar, la vecina del quinto derecha. Estuvo al menos cinco minutos hablando con ella. Llamaron al móvil, era Felipe, el presidente de la comunidad, por si quería bajar al portal a despedir a Fátima. Le puso el termómetro a Pablo: treinta y nueve y medio. Imposible. Iba a ser un martes muy largo.

La noche había sido larga para Rubén, el vecino del tercero derecha. Hacía un año que le había dejado su mujer y desde entonces siente que ha perdido el rumbo de su vida. Empezó saliendo por las noches, la soledad terminó por buscar compañía en las páginas de contactos. Era frecuente ver salir a primera hora de la mañana a alguna señorita de compañía del edificio. Cuando ella se iba, él rompió a llorar. No podía seguir así. Los vecinos prácticamente no le saludaban cuando se cruzaban en las zonas comunes, le miraban mal, con mirada de vecino inquisidor. Muchas veces, al volver después de una de sus salidas, se cruzaba con alguno que iba a trabajar y sus ojos le delataban. Incluso un día había intentado tontear con María. Su vida era un laberinto del que era imposible escapar. Una vez más, se metió en la cama a la hora en la que el mundo echa a andar. Sonó el teléfono, su ex le dijo que ese día no podría ver al niño porque su hijo no quería verle más. Fue un martes todavía más solitario.

El día de Aurora empezó demasiado temprano. El teléfono sonó a las cuatro de la mañana, síntoma de que algo sucedía. Dio un salto de la cama, llegó como pudo hasta el salón y siguió atenta el sonido del móvil. Era su hermano. Antes de descolgar, ya estaba paralizada. La conversación duró veinte segundos, no quería escuchar más. Como pudo, se puso la ropa del día anterior. Su cabeza no funcionaba, su mente ya estaba en otro lugar, no tenía fuerzas para llorar, pero le escocían los ojos, un síntoma de que lo necesitaba. Salió a toda prisa del edificio, no se escuchaba nada en ninguna casa. Todos dormían ajenos a su desgracia. Se sintió huérfana aquel martes.

Los gemelos del sexto izquierda, David y Óscar, entraban al cole a las nueve y media. Mientras su madre les preparaba un tazón de leche con cereales ellos veían dibujos en la tele. Tenían edad suficiente para ir solos hasta el autobús. Bajaron las escaleras y se quedaron mirando a una mujer alta y guapa que llevaba tacones y minifalda. Y que se tambaleaba. Saludaron y se rieron. Llegaron a la parada y David vio a Elisa, que, sin decir nada, se acercó y le dio un beso muy pequeño en los labios. Había soñado con él. Siempre sería el martes del primer beso.

Raúl llevaba en esa casa menos de un mes. En realidad, llevaba en la ciudad menos de un mes y no se hacía con ella. Echaba de menos la tranquilidad de lo pequeño. Pero el banco había decidido trasladarle a la central con la promesa de que sería poco tiempo. Todo le era ajeno, extraño: la vista al despertar, el ruido del vecindario. No reconocía nada y no se reconocía en nada. Su mujer había decidido quedarse en el pueblo hasta ver qué pasaba. La añoraba. Los días caían sin que él pudiese hacer nada para que fueran diferentes a los anteriores. Esa noche apenas había dormido, la cama también le era hostil. Escuchó a su vecina del sexto derecha salir muy pronto de casa y perderse a toda prisa escaleras abajo.

No sabía su nombre, no conocía a ningún vecino todavía. Ese martes iba a ser un martes igual que cualquier lunes.

Poco después...

María se cruzó con doña Pilar antes de poder refugiarse en casa y llorar en la más absoluta intimidad, que es el lugar donde más se llora. Lloró de rabia e impotencia: había sacrificado todo por aquel puesto. Nunca había tenido tiempo de salir con chicos. A su edad, también había perdido el tren de la maternidad. Todo por promesas que nunca se cumplieron, por horas de preocupaciones jamás recompensadas, por cientos de viajes sin respiro. Su vida hasta ese martes era su trabajo, y hoy le habían pagado. Nadie había valorado su compromiso, sus noches en vela, sus sacrificios. Nadie. Lloró hasta que ya no pudo más. Y al final se dejó vencer por el cansancio que provocan las lágrimas y la congoja.

Alfredo decidió tomarse el día libre. Se cruzó con Leire, a la que acertó a decir un simple hola. En circunstancias normales, le habría preguntado por cómo iba la búsqueda de trabajo, pero no le salían las palabras. Pensaba en los pasajeros que iban en el tren que él había perdido. En las familias que en ese momento no encontraban consuelo. Repasó la jornada desde que se levantó. Quizá le había salvado la vida que el ascensor estuviese averiado. Se recostó en el sofá y sin saber por qué se sintió el ser más frágil del mundo.

Cuando Juan vio la espalda desnuda de su mujer se quedó paralizado. Era ella, pero era otra; era su pelo, y era su lunar en el omóplato. Era su columna vertebral y los lóbulos de sus orejas, pero era otra. Saludó y el saludo detuvo el martes, el tiempo y la vida. Durante unos interminables segundos ninguno dijo nada. Ni se miraron. Parecía un momento congelado, un instante que no existe. Eva se dio la vuelta y la mujer que no era su mujer le miró con una cara que tampoco reconocía. Se tapó, se levantó y debajo de ella descubrió a un hombre al que nunca había visto. Le clavó los ojos como el que se los clava a un intruso, a alguien que ha asaltado tu casa, tu cama, tu intimidad. Nadie dijo nada. Juan se dio la vuelta y se marchó para no volver. Casi tropezó con Fran, al que no devolvió el saludo. Tomó todo el aire que pudo. Y empezó a caminar sin rumbo.

No sabe por qué extraña razón, pero siempre le había atraído la idea de ser portera de un edificio. Lo veía como un personaje que bebe de las vidas de los demás. Además, ahora, lo de ser portera tenía connotaciones literarias. Se imaginaba saludando a los vecinos, teniendo interesantes conversaciones con el cartero. Lo primero que haría, si conseguía el puesto, sería redecorar el pequeño estudio del bajo en el que iba a vivir. Tenía que empezar a convencer a todos los vecinos para que en la próxima junta votaran por ella. Si había unanimidad, no habría que buscar otros candidatos. Subió a hablar con Aurora, que era un voto seguro. Llamó tres veces al timbre y nadie abrió. Bajó donde doña Pilar, tampoco abrió nadie. Lo dejaría para el miércoles.

Fran miró por última vez a su cliente, sentado con esa media sonrisa que le ponía enfermo. Hacía dos semanas le había confesado que claro que había apaleado al mendigo hasta matarle; era escoria y no merecía seguir manchando las calles, le soltó. Pero un amigo le había proporcionado una coartada perfecta, los dos estaban juntos en el fútbol. Un par de entradas le dejarían libre. Lo miró y sintió que le ardía el estómago. Cerró su cartera y le dijo al juez que abandonaba el caso. Nunca más volvió a ejercer.

Fatigada después de subir los tres pisos, doña Pilar llegó a su casa y fue directa a una vieja caja forrada con papel de mariposas. Sacó todo de su interior y, después de buscar entre las viejas fotografías, encontró la que buscaba. Allí estaban los dos, sesenta años atrás, cuando todo estaba por escribir y por hacer. Él, moreno, alto, con gabardina y pelo perfectamente peinado, con ese porte de actor de cine que volvía locas a todas las chicas de la aldea. Ella, con la cara iluminada, sonriendo, ajena a los años que vendrían, con un vestido de flores que le llegaba hasta las rodillas y una diadema que apartaba el pelo de la frente. Ahí, detenidos en el tiempo, en un día feliz de hace muchos años, al final del mejor verano que recuerda. Esa foto se hizo justo antes de que sus familias los separaran. Supo que Roberto se había casado meses después y que había emigrado a América. Y ahora ya no le queda ni la esperanza de cruzárselo un día por la calle y decirle que desperdiciaron sus vidas. Fue un martes inconsolable.

Encendió el ordenador y abrió la carpeta en la que guardaba la ruta de su viaje. Estaba todo perfectamente estudiado. Empezaría en Tokio, donde había cuatro restaurantes que le habían recomendado, y después iría a Tailandia, Camboya y Malasia, para luego dar un salto a Australia antes de volver a España para hacer una parada técnica. Después recorrería Estados Unidos y Sudamérica. Europa sería la última etapa. Ha calculado que estará fuera unos seis meses. Aunque quedaba una semana para irse, subió a casa de María para preguntar si podría quedarse las llaves y regar las plantas. Y, por qué no decirlo, para verla de nuevo: cualquier excusa era buena para pasar un rato con ella. Después de mucho insistir, abrió la puerta. Preguntó por qué lloraba, la abrazó y, sin saber cómo, el abrazo terminó en un beso sin fin. Siempre le había atraído María, pero nunca había visto la más mínima oportunidad de acercamiento. Ella, tan volcada en su trabajo, nunca tenía tiempo siquiera ni para un café, su relación era una relación de vecinos. Pasaron la noche juntos y al alba decidieron que el libro tendría dos autores.

Sentado en la cama, observando cómo dormía, James no paraba de darle vueltas a la cabeza. Se amontonaban las preguntas, no sabía si estaba para quedarse, si huía de alguien o simplemente pasaba por allí. Después de muchos años había logrado arrinconarla en algún lugar de su memoria; se aparecía en sus recuerdos periódicamente, pero ya no le dolían. Era una presencia constante, un olvido permanente, y ahora, que había estabilizado sus sentimientos, la veía ahí, respirando a su lado. Decidió que sería todo o nada. Ella abrió los ojos y le miró y le dijo que quizá deberían comprar una cama más grande.

No podía estar pasándole a ella. Creía ver la escena desde fuera, como si no estuviera sucediéndole. Nadie te da las instrucciones para vivir días como ése. El policía salió y le dijo que no se había podido hacer nada, que la caída había sido mortal. Entró a verle, encima de la camilla, con los ojos cerrados, veía al hombre con el que siempre había soñado. Atento, cariñoso, guapo. Desde que les tocó sentarse juntos en el avión que los trajo de Quito no se habían separado. Aterrizaron buscando un futuro que no se parecía en nada al presente que vivieron, pero se encontraron y aquello fue suficiente recompensa. Le cogió la mano, se la besó. No podía ser cierto, necesitaba que alguien la despertara. No se imaginaba un mañana sin él.

De repente, Pablo le dijo a su madre que la quería. Y el día se iluminó. Y Elena comprobó que todo había valido la pena. Descolgó el teléfono y le dijo a Jaime lo afortunada que se sentía. Jaime le contó lo que le había dicho doña Pilar. Volvió a mirar a Pablo y lloró. Si le bajaba la fiebre, subiría a casa de su vecina para tratar de consolar tantos años no vividos.

Con resaca y el aliento apestando a whisky, Rubén se miró en el espejo y no se reconoció. Había sido el chico más guapo del instituto, en la universidad era el que más éxito tenía con las chicas, el delegado de su clase, el mejor jugando al fútbol. ¿En qué punto se perdió todo? Hubo un tiempo en que su exmujer era también su mejor amiga, su confidente, su alma gemela. Nada quedaba ya, sólo reproches mutuos, gritos, broncas y un hijo que siempre estaba en medio de todo y que ya no quería verle. Cogió la cuchilla de afeitar, se acarició la vena con ella, sería un último acto de cobardía. No pudo, la tiró. Llamó a la consulta de un psicólogo que hacía tiempo, cuando la salvación era posible, le recomendó la madre su niño. Le recibiría esa misma tarde.

El paisaje árido y uniforme se perdía en el infinito. Aurora lo conocía de memoria, llevaba diez años cogiendo ese tren una vez al mes. Apoyada en la ventanilla, lloraba hacia dentro sin parar. Cuando las lágrimas llegaban a la altura de la nariz, las contenía. Había dejado tantas cosas sin decir, tenía tanto que contarle que no podía ser cierto que se hubiera ido. Recordaba su olor, su manera de abrazarla y darle besos, su sonrisa, sus desvelos. Era imposible que ya no fuera a estar al otro lado del teléfono cada vez que la llamara. El paisaje de su vida había cambiado para siempre.

David no quiso lavarse la cara en todo el día. Vivía como en una nube, buscaba con la mirada a Elisa constantemente, recreaba el beso una y otra vez, la veía acercándose a sus labios a cámara lenta. Ya nunca sería lo mismo. Pensó en cómo sería su boda, el nombre de sus hijos y que tendrían un perro. Al llegar a casa se lo contaría a sus padres. Hacía un año que les había confesado que se había enamorado, y ellos se rieron. Tenía siete años, pero ya sabía lo que iba a hacer el resto de su vida, y, sobre todo, con quién lo iba a hacer.

Al volver del baño, Fran se quedó mirando a aquella chica, su cara le era muy familiar. Estaba a punto de llorar, con la mirada perdida apoyada en la ventanilla. Al rato de estar sentado en su butaca recordó que era su vecina del cuarto. Se acercó para preguntar si estaba bien. Ella tardó unos segundos en contestar y se puso a llorar. Le ofreció su pañuelo. Pasado un rato, ella le contó para lo que iba a su casa. Y él le confesó que abandonaba la gran ciudad, no aguantaba más. Necesitaba respirar, había renunciado al puesto, le esperaban su mujer y sus hijos. Los dos hablaron las siguientes tres horas de viaje.

La ventanilla no devolvía ya el paisaje pintado de antes, ahora todo era oscuro, triste, silencioso. El día agonizaba, pronto sería miércoles.

Mi vida a veces

(Unas páginas para que escribas esa historia que por nada del mundo te puedes permitir olvidar).

Agradecimientos

Gracias a mi padre, hermanos y sobrinos, por ser siempre el mejor lugar al que volver.

Gracias a mis amigos, en especial a uno pelirrojo, cómplices de tantos días.

Gracias a mis editoras de Espasa, Miryam y Belén, que un día me mandaron un correo proponiéndome cumplir un sueño. (Belén: te envío un mail el domingo ;-)

Gracias a las personas reales que, de una manera u otra, existen o existieron y habitan estas páginas.

Y gracias a vosotros: sin lectores no hay libro, ni vida a veces.

ÍNDICE

booket